丝带

[日] 小川糸 __著 翟闪 __译

重庆出版集团 重庆出版社

版贸核渝字（2017）第049号

本书原出版者为日本白杨社，经授权由重庆出版社有限责任公司出版发行。

RIBBON
By Ito Ogawa
Copyright © 2013, 2015 Ito Ogawa
All rights reserved.
First published in Japan in 2013 by POPLAR Publishing Co.,Ltd. and revised edition published in 2015 by POPLAR PUBLISHING CO.,LTD.
Simplified Chinese translation rights arranged with
POPLAR Publishing Co.,Ltd.
through Beijing Poplar Culture Project Co., Ltd. and Youbook Agency

图书在版编目（CIP）数据

丝带／（日）小川糸著；翟闪译. -- 重庆：重庆出版社，2021.3
ISBN 978-7-229-15435-6

Ⅰ.①丝… Ⅱ.①小… ②翟… Ⅲ.①长篇小说—日本—现代 Ⅳ.①I313.45

中国版本图书馆CIP数据核字(2020)第230484号

丝带
SIDAI
[日]小川糸 著　翟闪 译

责任编辑：李　梅
责任校对：何建云
装帧设计：九一设计

重庆出版集团
重庆出版社　出版
重庆市南岸区南滨路162号1幢　邮政编码：400061　http://www.cqph.com
重庆升光电力印务有限公司印刷
重庆出版集团图书发行有限公司发行
E-MAIL：fxchu@cqph.com　邮购电话：023-61520646
全国新华书店经销

开本：890 mm×1240 mm　1/32　印张：7.625　字数：210千
2021年9月第1版　2021年9月第1次印刷
ISBN 978-7-229-15435-6
定价：48.00元

如有印装质量问题，请向本集团图书发行有限公司调换：023-61520678

版权所有　侵权必究

目录

第一章　　|1
第二章　　|65
第三章　　|185

第 一 章

堇特别喜欢鸟。

每当我去上学的时候，堇就会独自到家里二楼的露台上，躺在她喜欢的藤编摇椅上，一摇一摇地观察鸟儿。偶尔，也会一点一点地品尝着装在水壶里的甜咖啡。

我家的院子并不是很宽阔，堇之所以能在家观察鸟儿，是因为我家的房子是借景构造。房子内部已经成了老宅，从露台的位置看过去，恰好如浓密的森林一般。

去年夏天，我们在这样的"森林"里装了一个鸟巢。

当时，邻居家的树疯长，粗大的树枝都伸进我家院子来了，于是邻居家主人过来说想要砍掉。堇就毫不做作地直接跟人家交涉。

她说这点小事不用在意，还反过来问对方能不能让她在树枝上放个鸟巢。

当被堇那双眼睛凝视着时，只要不是心眼坏的或者意志特别坚定的人，都难以拒绝她的请求。

从那时起，我们开始心心念念地等待着"客人"入住鸟巢。这棵以前被我们亲切地唤作"老爷爷"的大树上，曾偶尔飞来过几只野鸽子跟白脸山雀，堇拿着双筒望远镜从远处观察它们。近来，堇的手没力气了，视力也下降了，放个鸟巢在这里，恰是时机。这样一来，她就可以近距离地观察鸟儿们而不用再拿着望远镜了。

"老爷爷"四季景色不同。夏天，一树郁郁葱葱的绿叶；秋天，满树的叶子红黄尽染；冬天的时候，叶子们就被无情地吹落一地；可是一到春天，又会生出密密麻麻的小嫩叶，接下来到了夏天，又长满茂盛的叶子。

鸟巢就这样搁置了一年，又迎来了秋天。

不过和计划不同，这个鸟巢几乎没有发挥作用。偶尔有几只鸟飞来瞧瞧里面，却也没有在此常住下来，很快就又离开这个圆圆的洞，飞向外面的世界了。

即便如此，堇还是日复一日地盯着"老爷爷"看。

有时候，我也会跟堇一起观察鸟儿。

可是我因为受不了一直盯着等待，就很少长时间待在露台了。

说起来，还是堇给我取名叫云雀的。她说看到刚刚出生的小小的我时，那个名字就从天而降了。

堇平时极少表明自己主张，只有那次一反常态。她是第一个抢上前去，紧紧用双臂抱住包在崭新纱布包被里的我，第一句话就说"我跟云雀是永远的朋友，我们一定能成为一辈子的好朋友吧"。

那之后，尽管父母也商量过给自己的第一个孩子取名字，堇却一直坚持喊我"云雀"。

结果，虽然父母只有我这一个女儿，也还是勉勉强强地把命名权让给了堇。就这样，我的名字就正式叫"云雀"了。后来，曾听母亲说她本来是想给我取一个带"子"字的名字的。

然而，当我懂事后，堇打开野鸟图鉴给我看"云雀"的图片时，说实话，我是相当失落的。画上的那个像麻雀一样土里土气的褐色的鸟，跟我所期待的红的、蓝的、黄的、彩色鲜艳的鸟完全不同，这让我总觉得有种被骗的感觉。

我心想，堇当时是怎么想的啊。

堇说："云雀飞翔的姿态令人惊叹，像一条直线从天而降，没有片刻犹豫哦。很想让你成为云雀这样的女性啊。我无法再展翅高飞，只能一直仰望天空罢了。"

至今，就像堇说的那样，我们是彼此独一无二的亲密朋友。

令人惊讶的是，我的同学都觉得忘年交很奇怪，似乎他们都无法想象在同年级以外存在的友情。然而，我并不那么想，反而觉得太在意一岁两岁年龄差的人太可怜了。迄今为止，我从未有过"堇是老奶奶"的感觉。

刚进十月，一个晴朗的午后。

我和往常一样，从学校回来，就直接去了二楼的露台，结果却不见堇的身影。心想着她会不会是去洗手间了，可是左等右等，也没有见堇出现。这时，从邻居家的院子里传来淡淡的清香，是堇最喜欢的金桂的香味，乘着秋天的微风飘来了。我想和堇一起感受这样的感觉，就大声喊她。因为我的父母都在上班，这个时间，只有我和堇在家。

"堇——"

我喊了好几声，堇才突然应声："怎么啦？"

我一看，她在楼梯下站着。明明是在家里，却戴了顶非常奢华的帽子。

"堇，金桂……"

刚开口，堇就摆手制止了我。

我三步并作两步，飞快地跑下楼梯。母亲曾经一再提醒过我说这样下楼会弄坏地板，让我不要这样，可是现在家里只有堇，我就不用在意。我痛痛快快地跳下来，一着地，地板就像要裂成两半似的发出"吱——"的一声响。

"云雀，过来，过来。"堇扶着自己房间的隔扇门悄声说。

可是，我从来没有踏进过堇的房间一步。正犹豫着该怎么办时，堇又迅速回过头来，冲我微微一笑。鼓起腮帮的堇的脸，简直就像是刚出锅的馒头。接着，听到堇一如平时那样轻声地说："房间里很乱哦。"

堇的房间是她的圣地，因此，虽然并没有明确规定不许进她的房间，可是没有一个家人踏进去过。这是我们中里家的默契。

从出生到现在，我第一次来到堇的房间。屋子里有点暗，有种不可思议的味道。榻榻米上铺着绒毯，和式与西式的室内装饰混搭在一起，不过这确实是堇的风格。已经不用的小提琴上，放着穿和服的人偶，也有穿裙子的人偶，各占一隅。

房间正中间摆着张床，屋顶垂下来一块带状的布，像公主居住的城堡一样。

堇又关上房间的隔扇，目不转睛地看着我说："一定要保密哦。"

堇的眼睛好美，每次看的时候，我都会沉迷其中。她的眼睛宛若所有的冒险家寻遍世界各个角落才发现的神秘的湖水那样，在阳光的照耀下，呈现出一片或浅或深的蓝色。

说着"保密"两个字时，堇下颌的两边紧紧地收起来。

她走向梳妆台。最近，她的膝盖好像不舒服，做什么都慢吞吞地，蹒跚着，慢镜头一样挪动，真像是位老奶奶一样在一步一步地前行了。

终于，堇走到梳妆台边，在坐上椅子的瞬间，她穿着的长裙裙摆蓬起，勾勒出一条起伏的波浪。我悄悄地站到她的身后。

透过梳妆台上的镜子看去，堇像是在看什么刺眼的东西一样，使劲儿地眯着眼睛。我从未见过堇发火。虽然她相貌普通，但不知怎的，看上去就像是一直在笑着。也许是因为她双眼的眼角像公园里的滑梯那样，有着缓缓的弧度。很可惜，我的眼睛没有那种滑梯式的弧度。

我也努力地对着镜子微笑。默不作声地把手放在堇的肩上。她的肩膀就像装满了奶油的袋子，总是软乎乎的，鼓鼓的。堇整个人都像是黏稠的鲜奶油那么柔软顺滑，我总是不由自主地去碰触她。

眼前的堇双手举到头部，伸手够到帽檐儿。她用戴着闪闪发光的戒指的手，轻轻地取下帽子。那是顶深红色、带花的很正式的帽子。

费了一番工夫后，堇取下帽子，头上露出束着的圆圆的发髻。

这是堇一贯的发型，从后面看，就跟过年时候装饰用的圆年糕一模一样。

她那满头白得匀称的发丝里，没有一根黑发，总能让人联想起过节时候小摊上卖的棉花糖。若是一直靠近盯着看的话，会莫名地淌口水，有种想要把它们放到舌头上尝尝的冲动。

可是，现在，堇却在我跟前，轻轻地往她的发髻中塞了样东西。我不停地眨巴眼睛确认，无论如何看那都是用来测温度的体温计。

我很惊讶，也很不安。难道堇发烧了吗？只是，据我所知，测量体温都是放在腋下或者舌头下面，放在头发里测量还是第一次见。的确，从昨天开始，就觉得堇哪里好像有些隐隐的奇怪。

"能不能帮我一下？"她开口道。

我将目光从体温计上移开，正好与镜子里的堇四目相对。她正直直地盯着我。

"云雀，我想让你看看，几度啊？"

我按照堇的要求，注视着插进她发髻里的体温计。堇一只手一直拿着体温计，看上去有些费力，于是，我替她拿着了。堇把手放回膝上，像是等待重大结果一样，静静地闭着眼睛。或许是有些紧张吧，堇薄薄的眼睑像随风起伏的丝绸一样，在微微颤抖。

不会吧？

从刚才起，我就在努力驱走心中隐隐的不安。就在上周，跟堇同龄的老爷爷痴呆了，住进了养老院。但是，堇不会的……万一堇也那样了，我也要和她一起住进养老院去陪她。

我安抚着自己的情绪，一边静静地等待着插进堇发髻里的温度计数字停下来。在家以及学校的保健室里用的都是数码体温计，可是堇爱惜旧物，还在用老式的体温计。数码式体温计会发出声音通知我们，这种老式的就只能等它停下来了。确定水银停住了，才开始看泛着银光的刻度。

"36.9度。"

"谢谢你啦，云雀。"

堇不动声色却又郑重其事地跟我说。从她的声音里，我立刻知道刚才自己是想多了。堇没有生病。没错，我是最了解她的，这跟平时的堇一样。

堇就那样坐在椅子上，从发丝里取出体温计，用力地甩了甩。确认过刻度归零后，又把它放回原来的抽屉里。堇这种量体温的做法，或许是以前的方法吧。我也听说过给小孩子量体温的时候，有会把体温计从屁股里插进去测量的，也许还有很多我所不知道的体温测量方法吧。

我正想着，只见堇又把双手伸向头上的发髻，把它往两边拨开，尽量打开里面。

"你瞧。"

里面到底会是什么呢？我是完全摸不着头脑。

我还是照着堇的话，稍稍探着身子，向堇的头顶看去，只见正好在她的发旋附近，放着一个淡红色的棉扑。

我脑海里不禁又浮现出疑问。堇为什么要在那里放一个棉扑呢？堇一言不发，一只手缓缓地将它拿起来。所谓的棉扑，其实是夏天为了防止起痱子，洗完澡往身上扑痱子粉的时候用的，就是像棉花团一样的圆圆的软软的一个东西。乍一看像是稍大点儿的软奶糖，可是不知道到底叫什么，我和堇都把它叫作棉扑。

"嘿呀！"

堇口中冒出了有点儿奇怪的声音。就像是嘴里衔着竖笛却痛痛快快地打喷嚏一样。

"好像是母鸟不孵了。"

"孵？"

我重复着堇刚刚说的词，有点听不懂是什么意思。一看，在淡红色棉扑正下方，堇的发旋的正上方附近，放着一个小小的圆东西。我以为自己看错了，就像小猫一样，吭哧吭哧地用手揉了揉眼。然而，眨了又眨，无论怎么看，都觉得是蛋。

刚开始，那蛋跟堇自然的白发混为一体，看不很清楚，仔细一看，堇柔软的头发仿佛围成了一个巢，将蛋包围在里面。没有鸡蛋那么大，却也不像鹌鹑蛋有斑点。孩子们间曾经流行过这种形状的巧克力。我不经意间一闪念，说道：

"巧克力做得真棒啊！"

如果是巧克力，这样放着的话，也许会被堇的体温给熔化了。化了无所谓，我担心的是别把堇那罕见的白发给弄脏了。

"不是的，云雀，"堇说，语气就像名人①举起棋子喊"将"时那般自信、骄傲，"这个啊，可不是点心哦，是真——的鸟蛋呐。"她特意强调了"真的"两个字。

堇绝对没有撒谎。我立刻明白，那就是真真正正的鸟蛋。

刚开始的时候由于上面粘着毛发，看不清楚。现在才发现居然共有三枚蛋。堇瞟了眼惊讶的我，莞尔一笑。不知为何，我之所以相信堇出身高贵，就是源自看到了她这种独特的微笑。

"是什么鸟呢？"我在想。

它们并不是像牛奶般纯白色，而是像鲜奶油那样浓郁的奶白色的鸟蛋。

"早些天，不是刮了很大的台风吗？母鸟似乎受到惊吓飞跑了。我从前天就一直守着鸟巢，母鸟好像是回不来了。今天早上开始就有乌鸦盯上它们了，所以我决定自己来负责照顾它们。这几枚蛋才产下几天，即便没有一直保温，也没关系，所以它们还有希望。"

堇说的"希望"，大概是指孵出小鸟的可能吧。可是，在这样的小小的梦幻般的球体里充盈着将来能成为小鸟的东西，并且这些东西最终也许还能长成真正的小鸟，对于这些，我实在难以想象。

结果，到最后堇都没有明确告诉我那些是什么鸟的蛋。或许，连她自己也不知道吧。

---

① 象棋、围棋里的最高等级。

默默地凝神看了会儿鸟蛋，堇再次打开梳妆台的抽屉，从里面取出一个彩色铅笔样的细长东西。也许是化妆时候的一种工具。

"云雀，能不能请你再帮个忙，用这支铅笔，在鸟蛋表面画上标记。如果三个能分别画不同的标识以便区分就更好了。今后的每一天，我都要转卵。"

又一次从堇的口中跑出了闻所未闻的词儿。她说的"转卵"，是"展览会"的"展览"①吧，可是总觉得不对劲儿。我正在琢磨着，又听到堇柔声说："我说的'转卵'，就是每天翻翻鸟蛋。要想让鸟蛋整体受热均匀，就要转换它们的方向。母鸟不也是经常翻动身体下面的鸟蛋嘛。只不过原本这是自然而然而为之，现在我来人工化了。"

我照着堇的话，开始在鸟蛋的外壳上作画。然而，我稍一用力，蛋就差点儿出现裂痕，搞得我一直战战兢兢的，完全用不上力。指尖接触到的一瞬间，就能感受到蛋的温热，心里莫名地有种柔软的感觉。我小心翼翼地，尽量不用力碰触，终于拼尽全力，将三个鸟蛋全部都画上了记号。

第一个上面画的是"☆"，第二个画的"〇"，第三个的时候，我犹豫了下。因为按照习惯，"〇"后面应该是"×"的，但我觉得兆头不好，于是最后就画了个邮政标志"〒"。画完之后发现，或许是刚才一直紧张，手心里汗津津的。

"辛苦啦。"

---

① 日语"转卵"发音与"展览"发音相同。译者注。

堇说着，又摸索着把棉扑放回原位，整理发髻。

堇整理好发髻，以免风吹进来，再戴上帽子。任谁也看不出那儿藏着鸟蛋。

就这样，我和堇开始了孵蛋的日子。

堇完全成了一个真正的母鸟，用头发筑成的巢守护着鸟蛋，而我则作为她的助手，尽最大能力协助她。孵出小鸟，是我们最大的使命。

孵卵、转卵到孵化，这些事情向我打开了一扇我从未了解过的多彩的鸟的世界。堇说，保持一定的温度和湿度，是孵化成功至关重要的条件。

因此，自打那天开始，堇就干脆不再洗澡了。总之是尽可能地小心，不让鸟蛋感冒。我家是木质房屋，太阳一下山就会特别凉。于是堇就端出暖炉，在房间取暖，并且在上面放上水壶以确保湿度。

翻鸟蛋就成了我的任务。为了不让它们感冒，我决定洗完澡，身体暖和了的时候才去。

到了晚上，我洗完澡后就直接去了堇的房间，堇惬意地躺在那张观鸟的摇椅上。房间里暖和得如盛夏一般。我扫了一眼房间的温度计，已经27度了，比外面温度要高出十多度。堇圆圆的脸已经稍稍泛红了。

我一走近，堇就把帽子取下来，熟练地将头发围成的鸟巢左右分开。

"把你刚才画上记号的那一面翻到下面去吧。"堇说。

我用拇指和食指小心地拿起蛋来，以免弄碎了，把带记号的一面转到下面之后，再放回原来的位置。

我下意识地屏住了呼吸。才翻了一只,疲惫感就瞬间袭来。小小的鸟蛋,就像是镶嵌在戒指上的宝石那样,神圣而庄严。

终于完成了翻鸟蛋的任务,堇再次用手整理好发髻,盘成圆鼓鼓的漂亮发髻,然后,立即重新戴好帽子。

从那天开始,我的心片刻都没离开过鸟蛋。无论是睡觉还是醒着,都只想着它们。堇一直都和鸟蛋在一起,比我有过之而无不及。而她每天的生活,更是以鸟蛋为中心。她说不能让鸟蛋冻着,连最喜欢的观鸟都果断放弃了。反正保持身体温暖是最重要的,一整天都待在屋里不出门。

我一进堇的房间,就闻到一缕生姜糖的淡淡甜味。垃圾箱里也放着生姜糖的包装纸,这也是为了身体保暖吧。堇已经完全成了只母鸟了。

虽然堇以前就与众不同,但是自从成了鸟蛋们的守护者后,这种不同的程度就更甚了。吃饭的时候也好,上厕所的时候也好,帽子片刻不离身,就像是已经成了她身体的一部分似的。我除了帮忙翻翻鸟蛋,也一起坚守着这个秘密。

"堇,吃饭咯!"我冲着堇的房间喊道。

从孵蛋开始,已经过了一周了。

堇关着窗帘,正在自己的房间里仔仔细细地整理着装。一年三百六十五天,堇每天吃晚饭的时候都会穿漂亮的裙子。那些都是堇还是香颂歌手的时候风靡一时的舞台服装。大都是袖子鼓鼓的,腰部紧紧收着，裙摆很长的晚礼服。堇是绝不浪费的人，很爱惜旧物，一直穿着舞台服装。

但，许是跟那时比身材变化了吧，后背的拉链经常只能拉到一半，腹部的装饰扣有时候眼看着就要掉下来了，着实可爱。对这些，我们即便看到了，也假装没有看到一样。

我把堇要吃的面包卷放进微波炉，设置到100度，趁微波炉转着的时候，再把刚才做好的大酱汤重新加热一下。

"今天是土豆魔芋汤哦。"我用毛巾擦着湿湿的手，向堇望去。她今天穿了件暗红色的可爱公主裙，腰间系了个大丝带。当然，头上还是戴着帽子。

"谢谢云雀。"

堇每次都必定会轻轻屈膝，表情温和地坐下来。

小菜是烤秋刀鱼，是母亲匆忙下班回来的路上，在超市里买的。上面还贴着半价标签。不过，分量只有父母和我三个人的。堇的位子上，白色汤碗里盛着的，只有大酱汤而已。我小心翼翼地把微波炉里加热的面包卷放进和酱汤碗配套的白色盘子里。

母亲把饭从电饭煲里盛出来，父亲也换上了居家服坐下来，我们一家四口终于都围坐在饭桌跟前了。整个家里都弥漫着秋刀鱼的香味。

不知道是从什么时候开始这样的吃饭模式的，我记事起，堇就一直和我们吃的不一样。是因为上了年纪，吃不了一般的食物，还是有其他的理由呢？我是小孩子，完全不懂。总之堇吃着跟我们不一样的东西。

我上三年级的时候，母亲重新进入职场。从那时起，堇的大酱汤就由我来做了。但是并不难。堇资助过的人们每周都会送来蔬菜，从中挑些对眼的，用高汤煮软了，再加入味噌溶化便可以了。

味噌汤旁边，再放上加热好的面包卷，堇的晚饭就做好了。面包卷通常是买好放在家里的。

对于在国外生活过的堇来说，大酱汤配面包，似乎并不怎么奇怪，很自然。

堇的早饭是水果和沙拉，午饭是饼干和咖啡。据说她还是香颂歌手的时候，曾经给福利院捐赠过各种各样的东西，当时受帮助的人们现在还会送来很多礼物。所以，堇的食物，基本上用他们送来的这些东西就可以解决了。

父母亲和我都在埋头剔秋刀鱼的骨头，我用眼角余光看了下堇，她还在安静地喝着大酱汤。堇是用勺子而不是用筷子喝汤，海带也好，萝卜也好，都能妥妥地用勺子送进嘴里。每当看到她这样优雅的动作，我都看得出神，甚至会忘记吃饭。

我一次都没见到堇把大酱汤洒到桌子上过。她也从没有像父亲那样，端碗咕咚咕咚地喝过，都是这样雅致地用勺子就能喝下去，而我，每次都要弄洒。并且，堇一定会等到其他家人都吃完的时候才把勺子放回去，绝对不会自己先吃完，或者自己一个人一直吃到最后。吃完后，她会往小玻璃杯里倒上白兰地，悠然地喝着，也会含上一小块苦巧克力，放在舌尖细细品味。

我暗自想,堇大概是日本,不,是全世界最后的贵妇人吧。

我的父母完全不理解这样的堇。对于只有极其普通想法的他们来说,堇从服装到吃饭、礼貌用语,全都像是外星人一样。因此在我家的餐桌上,几乎没有什么热闹的谈话。堇和我在一起也很健谈,可是一和我父母在一起,就突然沉默下来。

按照父亲的说法,堇是由小姑娘直接就变成了老奶奶。从社会关系来说,堇和我相当于是祖孙的关系,可实际上,我父亲并不是堇的亲生儿子。

关于堇,我所知道的是她出生于有着光辉历史的富裕家庭。然而,战后不久,地位、名誉、财产连同双亲都一并失去了。之后,她作为歌手开始谋生,却在步入正轨的时候患了场大病,突然唱不了歌了。那时候,她似乎经历了很多难以言表的事情。

收我父亲为养子,是堇四十多岁的时候了。那时她已经能再次登上舞台歌唱,生活也终于安定下来,也不再有不能为人道的苦楚。于是堇收养了交通事故中失去双亲,在福利院生活着的我的父亲。

就这样,一直到父亲成年和母亲结婚后,一直像一家人一样生活在同一屋檐下。

当然,我的父母并不是对堇冷漠或者有坏心眼,也没有要把她从家里赶出去这样的举动。只是,彼此间总是保持一定距离,我以为正是这种相处方式,反倒让堇觉得自在吧。

第二天，一从学校回到家，我就听到家里罕见地响着音乐。我家很小，音乐声响彻整个院子，把"我回来啦"的声音也给淹没了。

我悄悄地看了一眼堇的房间，看到她跟平时一样整个身子都躺在摇椅里，正小憩呢。堇因为操心鸟蛋，就连夜里也一直都没怎么睡过。肯定睡眠不足了吧。

那是一个女人的歌声。听了有种苦涩的、令人怀念的、悲伤的感觉。总觉得这声音似曾相识，却想不起到底是谁。有的调子是整体低沉的，有的调子又像是欢快地边跳边唱。听着听着，就有种在大海上随着波浪轻轻起伏的感觉。

我刚要打开背包，拉手咔嚓一声响，堇从睡梦中惊醒了。

"云雀？"

堇有些惊讶，抬高了声音喊我。

"我回来啦，刚刚到家。"

我小声说着，悄悄站到了堇的身旁。

"哎呀，我怎么完全睡着啦。"

堇双手拍着她那软乎乎的圆圆的脸颊说道。接着，她似乎突然意识到了正放着的音乐，于是急忙从摇椅上站起来。她离开的瞬间，摇椅像是受到惊吓般摇晃着划出大大的弧形。

堇把唱片上的指针拿起的瞬间，家里顿时安静下来。原来很少见堇听音乐的。

我立刻开始了每天的必修课，给鸟蛋测体温。我们之间已经不需要任何语言，堇便心有灵犀地取下帽子。我从抽屉里拿出体温计，确认刻度甩下去之后，就轻轻地将前端插进堇的发髻中。

刚开始的时候，我怎么都量不好。一想到体温计的头可能会把鸟蛋碰烂，我就觉得恐怖，总是无法把体温计放进去。无论如何都不能准确测到发髻里的温度。每次测量，我都感觉自己的眼睛像是长在体温计前端一样，摸索着找最合适的位置。这些天下来，终于能不再战战兢兢地测温度了。

"你很少在家听音乐呢。"

我对刚才的唱片有些好奇，委婉地跟堇提起，有些心不在焉地看着手里的体温计刻度缓缓上升。

这的确是少有的事。父母亲对卡拉OK很感兴趣，一有活动经常会带上我，可堇总是固执地拒绝，别说卡拉OK了，我甚至都没有听堇哼过歌。别说唱了，就连堇这样听着音乐的样子，我可能都是第一次见到。

然而，堇默不作声，完全就当我没有问过一样。体温计恰好停在了37度。

洗完澡后，我再次来到堇的房间，给鸟蛋翻翻个儿。我看到梳妆台上放着一本旧相册。寒冬已经逼近，堇穿着一双红毛线织的袜子，说是捐助者给织的，脖子上一层层地围着与之配套的毛线围脖。

顺利地结束了今天的任务后，就听到堇柔声对我说道：

"云雀，占用你一点儿时间好吗？"

我轻轻地坐到堇的床边。从孵鸟蛋以来，她的床上几乎就没有睡过的痕迹。堇环抱着相册，紧挨着我坐下了。软软的床摇晃了几下，我几乎要倒到堇身上去了。她一只胳膊搂着我，把相册放在膝盖上，开口道：

"这是好久，好久以前的我。"

堇翻着已经破破烂烂的相册衬纸，有些羞涩地说道。每翻一页，都像是打开古老的木窗一样，发出轻轻的吱吱呀呀的声音。衬纸颜色已经泛黄，照片也都像是在黑白底色上蒙上了一层雾气似的。

"虽然，我现在是这样一个老奶奶的样子，但我也年轻过啊，云雀。"

照片上，是幼年时的堇。看起来比现在的我还要小些。穿着漂亮的白色裙子，简直就像是堇房间里摆着的人偶一样。见到比我还年幼的堇，总觉得有点儿奇怪。

"好漂亮啊！"

我对着其中一张照片，不由得小声感叹。

"这个啊，"堇接过话说，"是我成为一位著名声乐家的弟子之后，在老师家里住着，练习唱歌跟礼仪的时候的照片。现在想来，那时候也许是最惬意的吧。"

盖着崭新桌布的圆桌旁，有个留着娃娃头的女孩，手里端着个咖啡杯。总觉得这女孩似乎就是堇。旁边还有一个明显年龄大些的女性。的确能看出来，堇是发自心底地感觉幸福，笑容里没有一丝阴郁。

就这样一页一页地回忆着，跟我说着，堇一张接一张地把这些深棕色的照片拿给我看。

其中，有张剪切下来的当时的报纸，是报道堇将要去欧洲留学的内容。结果，战争开始，似乎当时也没能成行。

"我最初学的是歌剧呢。"

堇的眼神仿佛能看到那个时代一般，淡淡地笑着。

"大战的时候，我跟着老师在大剧场开过好多次音乐会。说是音乐会，当时可以说是独唱，有大东亚交响乐团的管弦乐队伴奏，那的确是个奢华的舞台。可是，战争越来越激烈，直到最终战败，然后香颂这种新型音乐进入日本，我又热衷其中，完全放弃了歌剧。

"当时的香颂，并没有日语歌词，我努力地去用日语填词。我填词的歌曲，有的在战后大受欢迎呢。"

说到这里，堇正了下身子，继续低声说道：

"你今天听到的这张唱片，其实，是我年轻时的作品。"

堇盯着自己站在舞台上歌唱的照片。

"果然如此。"

我原本就在想会不会是呢。可是，唱片的封面上写着的不是堇的名字，所以我没敢再进一步想。

"本来呢，我已经下定决心不再听自己唱的歌了。可是呢……"

堇停顿了下，指了指自己的头，微微一笑。然后又用手指着自己的脸，两只手呼扇呼扇地模仿着鸟挥舞翅膀的动作。

"胎教，我想给它们做胎教。"

堇像是嘴里含了酸甜的东西一样说道。所谓的胎教，确实就是给肚子里的小宝宝听听优美的音乐什么的。

"我想着，如果从现在就开始给它们听我的声音，它们会不会就会觉得我是妈妈呢。"

然而，我心里像是被有刺一样的东西卡住般难过。因为，就连我自己刚才都没听出来那是堇的声音。于是，我鼓起勇气说：

"那你就自己唱不好吗？"

"可是，妈妈终究还是得年轻啊。"

几秒之后，堇略带不安地低声说着，用她那湖水般的眼睛看着我。我犹豫了一下，还是决定跟堇说清楚。我望着她的眼睛，告诉她：

"不要给它们听你以前的声音，就用现在的声音唱给它们听吧。否则的话就没有意义，小鸟出生后也会弄不清楚的。不管妈妈是什么样，孩子们都是最喜欢的。担心这一点的话，有点奇怪哦。"

我望着望着，堇的眼里浮现出了泪花。虽然从外表来看她确实是老奶奶，可我眼前的堇，就像是挨了妈妈训斥的女孩子一样。

我不由自主地很自然地轻轻地抱住了堇，就像是在她肩上盖上一层薄薄的纱布一样。

不知为何，堇伏在我并不厚实的臂弯里，默默地流着泪。我只是一遍又一遍轻轻地抚着她丰满柔软的脊背，感觉自己像是她的妈妈一样。

"好了，没关系的，云雀，谢谢你。"

堇在我臂弯中哭了一会儿后悄悄调整好呼吸，抬起泛红的脸庞望着我，带着哭腔小声说。她眼尾的弧度上，还留着一滴眼泪。

"从明天开始，我练习唱歌。"堇用明亮的声音接着宣布。

"因为我终究还是只会唱歌，就这么点儿能让孩子们开心的事，难道我能不做吗？"

从孵蛋到现在，这大概是第一次她把小鸟们称作孩子。

堇表情果断地站了起来。我胸前还残留着堇的些许体温。

"对呀，明天开始练习吧。"

我顺势说道。

之后，我们互道晚安，分开了。不知从何处传来猫头鹰"嗷——嗷——"的叫声。

第二天，堇就立刻重新开始唱歌了。她首先从发声练习开始。

我在厨房准备堇的大酱汤的时候，听到了她的歌声。开始的时候似乎喉咙里有痰，声音沙哑，听着让人着急，但是练习几次之后，家里就回响起有穿透力的声音。

堇看着破旧的乐谱，抓到什么就是什么，一首接一首地像串烧一样一直唱着。既有日语歌，也有外国歌，不知为何让人有种怀念的感觉。

遇到不记得歌词或者曲子的时候，堇就全都唱成"啦啦啦"。堇似乎很开心，就连我做的大酱汤都好像觉得更好喝了。

自打那天起，从学校回到家，总能听到家里充满了无形的音符。之后，我发现，最后的时候，堇总是反反复复唱同一首歌曲。

这是一首日语歌，歌词里有鸟的名字，是最适合堇的声音的。对堇来说，一定有着特殊意义吧。我站在厨房听着。

只是，到了周末，鸟蛋还是原来的鸟蛋，没有丝毫改变。

我多多少少有些不安。因为我知道鸟蛋有受精卵，有非受精卵。如果是没受精的话，任凭怎么孵，也是孵不出鸟的。比起孵不出小鸟，我更怕堇因此而失落。

堇却依旧在头发筑成的鸟巢里暖着鸟蛋。没有一丁点儿的迟疑。因此，我也继续测量温度、翻翻鸟蛋。如今，堇的头发真成了鸟窝了。

周六傍晚，堇特意来到二楼我的房间。因为已经不再在露台上观鸟了，所以堇也很久没上二楼来了。对于膝盖不好的堇来说，爬这些陡峭的楼梯一定很辛苦吧。堇走进我的房间，一脸疲惫不堪的表情，大口大口地喘着气。

我正横卧在床上看着少女漫画，恰好看到精彩部分，就有些不耐烦地说：

"我马上就洗澡了，刚刚还想着一会儿就去翻的。"

"那个啊，"堇用和我同龄的女孩子的语气说道，"我想跟你一起看看这里面……想着最好还是再来一遍吧。"

我忽然看到堇的左手握着个带柄的镜子。并且，她的红手套都还在双手上戴着。

"什么'看里面'啊？"

我有些不解堇刚才说的话。

几乎所有关于鸟蛋的谈话内容，我们俩交流起来都可以不用说主语就能明白。但是，堇说"看里面"，该不会是要把蛋壳打碎吧……或许是我的表情太过惊讶了，堇急忙补充说："你学习用的桌子上有个台灯吧，能不能借用一下？"

"台灯？"

我把正看着的漫画书放到床上，爬了起来。不知何时，外面天已经黑了。

"我房间里的电灯瓦数太小，看不清楚。"

直到现在我也弄不懂堇的意思。

堇稍微有些严肃地说：

"我想确认下蛋里面是不是有小鸟。"

"能看到吗？"

我真的很惊讶，目不转睛地盯着堇。要是能看到的话，我也想立刻看看。相对于这件事，漫画已经无所谓了。

"用荧光灯照一下蛋，就能大概知道了。"

堇看上去有些不安，继续说。

然后，堇就坐到了我平时学习坐的椅子上。一打开台灯的开关，苍白的灯光就打在堇的整个脸上。堇双手伸向头部，用熟练的动作取下帽子，那几只鸟蛋依旧藏在堇的发髻中。从放进去开始，堇应该就没有再用过洗发水了，但是却没有难闻的气味。

她把头发围成的鸟窝分开，从中取出淡红色的棉扑。果然，鸟蛋还是没有孵出来。

"云雀，拜托拿一下这个。"

堇把手镜拿给了我，似乎是想从镜子里看看鸟蛋。我略微调整了手镜的角度，这样堇就能看到她自己的头顶了。

　　"对，就是这里。你就这样拿一会儿啊。"

　　堇快速说着，取下手套，小心翼翼地捏起鸟窝中的一只鸟蛋。原来她一直戴着手套，是怕手指变凉后碰到鸟蛋会导致它温度下降。

　　简直就像是在游戏厅里玩抓娃娃的机子一样。堇把蛋小心地拿起来以防掉下去，就那样移动到荧光灯跟前。就只是在旁边看着，我都紧张得冒冷汗。

　　几秒之后。

　　"活着呢！"

　　堇郑重地小声说：

　　"你看，这里是心脏哦。在轻轻地动呢，云雀，你能看懂吗？"

　　堇悄声告诉我。只不过，我对鸟不像堇那么了解，不知道那就充分说明鸟蛋是活着的。

　　不知为什么，鸟蛋挡住了荧光灯的光线，从它那模糊的灰色中隐隐约约发出微弱的光。完全就像是落在河滩的小石子。这个是带"☆"的那颗。堇把它又放回窝里。

　　之后，同样的步骤又重复了两次。

　　但是，如期待般蛋里能有东西遮住荧光灯光线的，只有第一个带"☆"的那颗鸟蛋。标"〇"和"丁"的两颗鸟蛋无论怎么靠近台灯，都是透光的。也就是说，蛋里面没发生任何变化，这是无需多言的。

即便如此，堇也还是把剩下的两颗鸟蛋放回窝里。关于为什么做这些，她一句话也没说。她重新戴好帽子，紧闭双唇，回到楼下去了。

星期一，星期二，又到了星期三。

小鸟还是没有孵出来。我真的有些担心了。按照堇的预测，有孵出来的可能性的，只有带"☆"的那颗鸟蛋，只有一颗。希望只有一个。

"没事的，云雀。"

许是因为我内心充斥着的不安表现在脸上了吧，量温度的时候，堇像是安慰般地说给我听。

"可是，一点都没变啊。"

我的担忧已经无法完全封闭在心里，像燃气遇火一样燃烧膨胀起来，于是胡乱说了一通。

虽然我也想着说出来不好，可是已经迟了。也许，已经伤害到堇了。

"我们再等一天吧。人不是常说嘛，等待得越久，相见时的喜悦就越浓烈。是不是，云雀？就跟你当初一样啊。"

说着，堇轻声地笑了起来。

"跟我那时候一样？"

"因为你那时候不也是一直在妈妈肚子里不出来吗？"

堇望着远方回答。

"是吗？"

迄今为止，关于我出生时候的事，没有人告诉过我。

说完，堇开始唱起来了。是一首我喜欢的歌。

努力地想要驱散自己心中的不安，我也跟着一起唱起来。不可思议的是，一唱出声，之前的坏心情呀，担心啊，都一点一点地感觉不到了。

给堇做大酱汤的时候，我心里开始升起了一点点希望。

星期四，放学后有社团活动。因为比平时放学时间还要晚，回家的路上有些暗了。心急的星星们，已经零零散散地出来了。

我把社团活动的围裙和三角巾缠成三角形，从大门口用力朝走廊扔了过去。我用空出来的手急急忙忙脱掉鞋，一边走，一边顺势把双肩书包也放到走廊，直接走到洗手间洗漱完，就赶紧奔向堇的房间。

"我回来啦！"

我大声招呼着，没有一丝犹豫就猛地打开隔扇。进来之前的些许踌躇，也消失得无影无踪。

堇并没有柔声对我说"回来啦"，而是把左手食指竖起，放在嘴边轻轻晃动。

也许，发生什么了。于是我一反常态，踮着脚走到堇身边。仿佛阳光在那里形成一个光斑一样，镜子里的堇，表情如阳春季节般柔和。

"刚才开始，我一仔细听，就能听到声音。"

刚一说完，堇的脸上瞬间就像珠宝一样熠熠生辉。

我使劲儿把耳朵靠近堇戴着的帽子。的确，集中精力竖起耳朵听的话，能听到微弱的声音。可是我不是很清楚那是不是从鸟蛋里面发出的。

"听你这么一说，我倒是觉得是有声音的。"

我含糊地点点头。

"云雀，你确认下吧。"

堇干脆地说。

她缓缓地取下帽子，这下鸟叫般的回响声更加清晰了。就像人咂嘴发出的"啧、啧、啧"的声音。我的心里充满了不安与期待，就好像发面馒头挤来挤去一样。

深深呼了一口气之后，我才把手伸向堇的发髻。把头发围成的窝左右分开，取出里面的棉扑，直接递给了堇。

"怎么样？"

堇迫不及待地问我。

"嗯——"

我踮起脚尖，伸头朝窝里看去。

仔细一看，鸟蛋在微微颤动，表面有个小洞。没错，就是带"☆"的那颗。刚才听到的声音，多半是从它里面传出来的。

"可能是小鸟要从蛋里出来啦。"

我掂量着这件事的重大意义，压低了声音告诉堇。如果声音大的话，我怕会惊吓到小鸟。那一瞬间，紧张感就像巨浪般袭来。心脏像是要打开肋骨跳出来一样。

"终于到了这一刻了。"

堇不动声色地说。我已经激动得晕头转向了，堇却相当地冷静。

"云雀啊,能不能帮个忙?趁现在,把蛋移到一个安全的地方去吧。要是头发和出来的小鸟缠到一起就麻烦了。"

等我回过神来,堇的左手已经握着手镜在准备了。我不断地转动手镜的角度,好让堇能清楚地看到鸟窝里的情形。

堇用右手的拇指和食指,谨慎地捏住带"☆"标志的那颗鸟蛋,缓缓地拿起来,然后轻轻地放到我的手心里。

"我已经是个老太婆啦,体温太低。你要好好保护它,别让它掉下来啊。"

只用一只手拿着,我还是有些担心,于是用另一只手在底下托住,双手轻轻地弯成碗的形状,把鸟蛋托在中间。责任重大啊。一想到万一因为我的大意让鸟蛋掉下来的,我都吓得不敢喘气儿。

我的肩膀紧张地用力耸着,小心地让手掌形状保持碗状。这样过了一会儿就紧张地手抖起来了。突然,我又想去厕所了,但还是只能忍着。就算是尿裤子,我也得护着这颗鸟蛋。

堇把座位让了出来,我一点一点地,小心翼翼地挪动身体,轻轻地坐到梳妆台前的椅子上。

鸟蛋只有糖球大小,看着的话知道有个鸟蛋,不看的话,几乎感觉不到它的重量。这样一颗鸟蛋,现在就在我的手心里努力地蜕变。再去看刚才那个小小的洞,发现它周围全都裂开了。为什么能呈现这么漂亮的裂纹呢?虽然也没人教,小鸟自己似乎非常清楚怎样才更容易出来。

"一直在动哦。"

我手心里的这颗鸟蛋，不停歇地激烈地扭动着身体。就像人不用手而拼命挣脱掉紧贴在身上的湿毛衣一样。

我悄悄地瞄了一眼堇，只见她凝视着鸟蛋，眼睛里满含着泪水。

加油！加油！

加油！加油！

我在心里努力地为它呐喊。

不久，鸟蛋动得更加激烈了。我双手紧紧地贴在一起，时刻防备着它掉下来。因为紧张，牙齿紧紧地咬在了一起，感觉连下巴都快要咬坏了。

一瞬间，完成了。

蛋壳裂成两半的瞬间，一只全裸的雏鸟就像越狱一样挣扎着从里面爬出来。头上还顶着蛋壳，跟戴了个贝雷帽似的，尾巴上也套着蛋壳。乍一看的话，完全弄不清楚哪里是身体的哪部分。

突然，小鸟不出声了，我开始担心，下意识地望向堇的时候，它又像是记起来似的再次叫起来。"叽、叽、叽、叽"，比刚才听得更清楚了。

我开始怀疑这个摇摇晃晃在动着的东西，真的是只鸟吗？与其说是小鸟，倒不如说更像是缩小到只有小鸟十分之一的小宝宝。几乎是全裸的，全身只有一小部分有毛，脑袋极大，而这个大脑袋又基本上被又黑又大的眼睛占据。身上像是蒙上了层塑料布，简直就是个外星人。单薄的手脚从全裸的身体里伸出来。那个看起来像是手的部位，其实应该是翅膀吧。可是，眼前的这对翅膀，角度奇怪地弯曲着，大小也不够格，丑得就像是上天给安错了一样，我一点都想象不出它们将会成为翱翔天空的工具。

"谢天谢地，小鸟平安诞生了。"

堇在我旁边用一种像是在向神灵祈祷一样的庄严的声音说着。小鸟是如此弱不禁风，我用手指都能轻易碾碎的小小身体里，却藏着一个生命。

我只顾着感慨，堇已经给小鸟整理好了新的床铺。

"好啦，婴儿房弄好啦。"

我一看，堇的手里拿着她那顶为了保护鸟巢而片刻没离过身的帽子。底部铺了几层餐巾纸，正好顺着头部的形状凹进去了点，因此看上去睡着非常舒服。

"不再放头发里养了吗？"

我刚才还在想要一直在头发里把它养大呢。

"以后就要给它喂食了。再说了，要是一直在上面的话，宝宝不就看不到我的脸了嘛。"

堇指着自己的发髻说。那里，还躺着两颗鸟蛋。的确，正如堇说的那样，虽说小鸟出生了，但这并不是结束。或者说，这才真正开始。

"它还没吃饭呢吧。"

我把脸靠近手掌，看着它。有意思的是，每次一叫，它的尾巴尖就立刻收得紧紧地往上翘起来。小鸟一动，我和它相接的皮肤就发痒。

远远望去，它就像是嚼了一半的口香糖。

"你要是饿的话，就叫一声告诉我哦。听说刚出生的时候，体内还会有原来蛋里剩下的营养，可是说不定有时候也会突然饿了呢。"

我小心地挪动着手，把小鸟放到"婴儿房"。它真的比我的拇指还小。我在想，如果确有拇指姑娘存在的话，大概就是这种感觉吧。堇把羊绒围巾弄得鼓鼓的，轻轻地裹在倒着放过来的帽子上。

这是一直以来守护着"鸟巢"的帽子，所以用它做新的鸟窝，也许小鸟会有充分的安全感吧。

忽然，我看到了堇房间里的日历。

今天是 11 月 9 号。

从堇开始孵鸟蛋，已经过了大约三周的时间了。

小鸟出生三天左右，终于长出了淡淡的毛。不过，说是毛，却像是汗毛一样不起眼的胎毛，总觉得看起来只是像肉长霉了一样，似乎轻轻地吹口气，瞬间就会被吹跑了。还有，大大的眼睛还是深深地埋在头上，一眨也不眨，嘴和翅膀也都不强壮。外形与其说是鸟，更像是恐龙，但整体印象上来看，还是最接近外星人。脑袋出奇地大，相比之下，显得身体瘦小，很明显有失平衡。经常听说鸟是恐龙的后代，如果是这样的话，那么也许恐龙是外星人的后代。

小鸟出生之前，我每天负责测量体温及翻鸟蛋，现在每天要测量小鸟的体重了。我拿来妈妈做点心时候用的秤，放在箱子上，把小鸟移到上面测量。每当这个时候，我都是直接用餐巾纸端着小鸟，就像是飞碟一样整个儿拿起来。当然，这个时候，堇的手作为防护网的重要一环，也放在正下方，以防小鸟掉下去。因为人要比小鸟的体温低，为了不夺走它的体温，我都是尽量不直接接触小鸟的身体。

出生五天后，小鸟的体重开始噌噌增长。肚子一空，它就大声叫着要食吃。声音跟刚出生时候的咂舌声不同了，变成低声呜呜叫着。这个时候的叫声，真是聒噪，一丁点儿都不可爱。或许是急切盼望着食物吧，脖子跟伞柄一样，伸了又伸，等着接食。

每当这个时候，不管是什么时间，堇都会立刻开始准备小鸟的食物。多的时候，它一天吃五六次。

堇的房间里有电热水壶，不用专门跑到厨房就能做好小鸟大部分的食物。梳妆台上摆着各种各样的袋子，里面装着面粉啊、小米啊之类的东西。好像这些也都是她托那些资助者送来的。

人给幼鸟喂食物叫作"给食儿"。原本应该是母鸟用自己的嘴喂的，所以如果食物不是温热的，小鸟就不吃。因此，堇每次都要把食物加热下再喂。把面粉放在水里溶解后形成的糊状的东西放进一个塑料制的针管里，往小鸟喉咙里推。这似乎是需要技巧的，我做不来。

堇一过来喂食，小鸟就抬起头，忘我地吃下去。

它像是用全身来表达吃到食物的喜悦，看上去总是有些搞笑。平时都像是嚼了一半的口香糖一样瘫软无力地躺着，可是这个时候就会双腿笔直地站起来。好像如果不这样的话，就会误食进气管，后果会很严重。

刚出生的小鸟，总是吃一点就睡，再吃一点再睡，就这样反反复复。每当它在帽子底部熟睡的时候，我都会担心它是不是死了。想要把它叫醒，堇就会提醒我：

"睡觉是小宝宝的工作啊。云雀你以前也是这样哦。我去医院看你，你总是一直在睡，眼睛连睁都不睁一下呢。"

说到这儿，堇开怀大笑起来。

小鸟出生一周后，剩下的两颗鸟蛋依然没有任何变化。我正想着"堇不会打算就这样一直暖下去吧"，堇拜托我道：

"我们把孵不出来的孩子们埋到土里吧。"

于是，我从堇头发做成的鸟窝里取出这两颗鸟蛋，用手帕轻轻地包裹好，出了门。堇还要照顾小鸟，片刻不能离身。

我想了又想，最后还是决定把它们埋在"老爷爷"的根部。

"老爷爷"虽然是长在邻居家的，可是从我家沿着树枝上去的话，也能过去。小时候，我经常在邻居家的后院尽情玩耍。即使把鸟蛋埋在那儿，也不会遭到责备。

拨开色彩纷呈的落叶，我用木棒和带尖儿的石头挖了个洞，把两只鸟蛋放进去，又重新盖上土。

顺利地埋了鸟蛋回到家一看，小鸟正比以前还带劲儿地吃着食物。跟刚出生时候相比，它身体变圆了不少。即便如此，依然没有一点儿小鸟的样子。外表看起来依然像是外星人，只有像蜡烛滴下来一样粘在脸上的鼻子，还有嘴巴，还勉勉强强暗示着将来变成鸟的可能。

小鸟贪婪地吃着食儿，脸下面的嗉囊鼓鼓的，整个儿像有些肥胖的老爷爷。第一次见的时候我吓了一跳，堇告诉我说这是鸟类特有的透明的嗉囊。食物通过这里流向胃。

偶尔会有食物残存在嗉囊里，这样的话就会积食，甚至会危及生命。所以小鸟进食的时候，堇一直在旁边，确保食物都顺利地通过小鸟的嗉囊。如果嗉囊里有食物，就不再硬塞，给它喝点儿四十度左右的热水，温柔地给它按摩几下就好了。这些工作，我是绝对做不来的。

"堇，那个……"

我冲着正起劲儿地给小鸟喂食堇开口道。她的发髻里，已经一颗鸟蛋都没有了。空荡荡的，看上去，有些寂寞。

"想说什么呢，云雀？"

堇看着小鸟，漫不经心地回应我。

"我们是不是该给小鸟取个名字啦？"

我一直都在想着这件事。虽然堇经常喊小鸟小宝宝什么的，可我总觉得这样没意思。实际上，没有一个名字的话，会有很多不便的。

"是的呢。"

堇轻轻地按摩着小鸟的嗉囊，依然心不在焉地回答我。即便到了现在，堇还是把手指——放在热毛巾上暖了之后，才去摸小鸟。她说小鸟的毛还没有长好，依然是怕冷的。

"我也是一直在想它的名字呢。"

吃过晚饭，做完作业后我到堇的房间，她突然来了这么一句。我家第一个洗澡的,一定是堇。她终于又能洗澡了。于是在堇洗澡的时候,我就守在小鸟的旁边。我们绝不会留它自己在房间的。

我默不作声,只见堇从抽屉里面取出一个小盒子。

"我在想,这个怎么样?"

这次堇并不是从以往那个盛满了手镜啊温度计的上面的那个抽屉拿东西,而是最下面的那个抽屉里拿出来一个盒子。堇煞有介事地缓缓拿起盒盖。看盒子外部的花纹,会以为是装巧克力之类的。盒子里面,放着的是各种各样的丝带。粗细不同、材质多样、色彩斑斓,都一根一根缠得好好的。

"丝带?"

"对,丝带。"

"丝带,是这只小鸟的名字吗?"

"是的。"

说完,堇突然变得没自信的样子,像是在追问"怎么样啊?"

小鸟在堇膝盖上的帽子里已经开始香甜地睡觉了。堇的膝盖上还放着电暖炉,所以小鸟肯定暖暖和和的舒服极了。

"你,不太喜欢吗?"

我走神了一下,才意识到堇在不安地看着我。

"没有的事儿!"

我急忙否定。有时候堇会随口说"没有的事儿",所以我也就挪用了这个说法。

"叫丝带，对吗？非常非常不错的名字啊。"

其实，私底下我也自己想过给它取个名字。然而，脑子里浮现的都是巧克力啊、奶糖啊、红豆沙啊、小糖果啊这些听起来香甜可口的名字，所以一直烦恼着定不下来。

堇的提议，完全出乎我的预料，呈现在我面前的是另一个更为广阔的世界。名字朗朗上口，我也很是赞同。

"这是把我和你永远连在一起的丝带。"

堇望着天花板低声说，像是在说重要的誓言一样。

天花板上的光斑，映在堇的瞳孔里，看起来一定像散落在天河里闪亮的星星吧。堇就一直这样仰望着天花板上方的"夜空"。忽然间，堇的脸庞和丝带吃食时的侧影重合在了一起。

"我将来会在你之前离世。以前做了很多错事，说不定也许在天堂门口会吃闭门羹的。不论如何，最终是要消失在这个世界上的。"

"您说什么呢……"

真想让她不要说这么突然的话题。想要告诉堇，我想和她一直一直在一起。可是，喉头却像是被堵住似的，一句话也说不出来。也许，我的心情，通过空气已经传递到身旁的堇心里了。

"可是，我毕竟已经是老太婆了嘛。不过你不用担心，我暂时还不会离开。因为对这只鸟儿，我还有责任呢。"

堇伸了伸腰，坚定地说。

"但是呢，要比云雀你活得久，那是不可能的吧。这都是自然的定数，没办法啊。不过，我的灵魂一定会永远陪在你身边的。虽然你看不到，但一定会在的。我想让你一直都能记得这一点，才给它取名叫丝带的。"

说到这里，堇终于回过头来看着我了。

"灵魂？"

虽然字面意思我知道，却不懂它真正的含义。

"灵魂，对我们来说，是最重要的了。如果灵魂受到玷污的话，那我们就什么都没有了。"

"跟心不一样吗？"

"云雀这个问题问得好呢。它跟心是不一样的。"

堇随即回答，然后说道：

"灵魂被心保护着，而心又被我们的身体保护着。"

堇表情坚定地补充着。

我在脑海里想象了一下。灵魂被心保护着，而心又被我们的身体保护着，说的是什么意思呢……

"就像草莓大福饼？！"

我脑子里灵光一闪，喊道。

"是的，正是！"

堇猛地睁大眼睛。她那漂亮的双眸，就像是阳光照射下的湖面一样波光粼粼。

"把最外层的饼比作身体的话，接下来的豆馅儿就是心，最里面的草莓，对，就是灵魂。云雀啊，你觉得草莓大福饼最重要的是什么啊？"

"草莓！"

我大声回答。因为如果把草莓大福饼的草莓去掉的话，它就只是个普通的饼了。

"对呀，所以以后要爱护好哦。"

堇用她泛着光的湖水般的眼睛凝视着我。

"我和云雀的灵魂，永远用丝带连在一起。"

丝带，透明的丝带，把我和堇的灵魂连在一起。虽然不是十分清楚它的真实样子，但是一想到这里，就有种痛苦却温暖的感觉在心里蔓延开来。

"丝带。"

我轻轻地喊出了声。丝带从容地看着我，像是在说："我在啊，什么事？"

真是个不错的名字。

越喊，越有种和堇的纽带在不断加强的感觉。于是，我对丝带的喜爱，突然就生根发芽，长出遮天蔽日的浓密枝叶。

最初，丝带的体重还不满 5 克，出生第四天就 10 多克了，一周过后大约 30 克，第十天的时候超过了 50 克，整整长到了原来的十倍。最近，丝带食欲旺盛，每次的食量也增加了很多。开始只能吃些稀稀的汤水，逐渐能吃些稠的，直到可以吃粥。听堇说，好像它很快就能吃小米这样的固体了。那时，我就能帮忙喂食了。

说实话，它出生后一周左右，外表的丑陋达到了顶峰。眼睛跟条凸眼金鱼一样，脖子也长长的跟伞柄似的，眼看着就要嘎巴断掉，一点都不可爱。没有长毛的鸟，完全不具备防御能力，弱不禁风，不过是个奇形怪状的东西而已。

让我开始感到有那么一点点可爱，是在它出生后第十一天的时候。那天，它的眼睛终于睁开了。早上，我正好去上学，被堇叫过去。一看，蜷缩在帽子底部的丝带在微微地睁着眼睛。在那之前，它的眼睛都是被一种半透明的膜一样的东西覆盖着，现在，这层膜像是破了纽扣孔那么大的洞，从中可以看到它羊羹一样乌黑澄澈的眼睛。因为还不能完全睁开，怎么看都像是刚睡醒的样子。

"丝带，这个可爱的女孩子就是云雀哦。"

堇向丝带介绍我。我用力地靠近丝带，好让它看清我的脸。

"丝带，我是云雀，多多关照哦。"

我也向丝带介绍我自己。

丝带的身上已经开始长出软乎乎的胎毛了，可是头依然完全是秃的。面部看起来仍然像是外星人，但是跟昨天比，看起来更接近鸟的样子了。

"不错嘛，云雀。"

之后，我说了句：

"我走了。"

就慌慌张张地飞奔出大门，以免迟到了。

"过得开心哦。"

远处传来了堇的声音。这是个寒风刺骨的早晨。

从学校回到家一看，丝带很明显地又长大了。堇大概也习惯照顾它了，在丝带出生以后又开始唱了好久没唱过的香颂歌曲。最开始除了吃，丝带就一直在睡，最近一段时间，醒着的时间才多了。

半睁眼三天后，也就是出生两周的时候，丝带的眼睛完全睁开了。看上去奇怪地弯曲着的翅膀上也开始长出羽毛样的东西，整个身体都被粗针一样岔开的毛覆盖着。这时，丝带终于像个小鸟的样子了，对它的亲密感也源源不断地涌上我的心头。我注意到丝带的秃头上，晃着一根毛，跟月代头①似的。

我把丝带放到手掌上，给它喂食。掌心真真切切地感受到了丝带生命的重量。

"丝带会不会是白头翁啊？"

我直接问堇。

"你看，这里。"我用拇指指着丝带的耳畔。一般的鸟，耳朵在眼睛的斜下方，是个小孔，跟牙签扎出来般大小。丝带的耳朵周围，长着淡淡的橘色的毛。

"谁知道呢。"

堇也含混不清。

---

① 江户时代男子的发型之一。前额都剃光，剩下的头发拢起来弯到后面去。译者注。

丝带站在我的掌心，正陶醉地吃着堇拿着的勺子里的小米，它的身上已经长满了蓬蓬松松的胎毛，简直就像是穿着演出服的芭蕾舞女演员。

"到时候就知道啦。"

堇往丝带嘴边递着勺子，波澜不惊地说道。

"好不容易才孵出来，我们就一起期待答案吧。"

丝带不顾一切地大口往嘴里塞着食儿，不光是嘴巴，连鼻子周围都沾满了小米粒。我最近才知道，虽然叫小米粒，并不是单纯的小米，而是把小米皮剥了之后在上面涂上蛋黄。因此，一加热，就会"噗"地冒出鸡蛋特有的香味。

我想要早一点见到丝带，每天下课都飞奔回家。一向不擅长运动的我，马拉松啊、竞走啊，都是班里最差的，因此，跑起来真是吃力。为了绕近道，我横穿了平时没走过的一块空地，像只野猫一样穿过铁丝网。终于到了家门口的时候，我调整好呼吸悄悄地打开门进去。每次必定都能听到堇唱的摇篮曲。

十二月，丝带出生已经整整一个月了。

它已经能够独立站起来走路了。才出生那会儿，它刚要站起来就立马一屁股摔倒在地上呢。渐渐地，它左右摇晃地能够蹒跚着走几步了。现在已经走得稳稳的了。它认认真真快走的时候，跟忍者一样敏捷。全身都胖乎乎的，虽然看起来还是孩子气，但全身除了一点点秃头外，全都盖着浓密的毛。那撮月代头似的毛,有时候看起来像是《海螺小姐》[①]里的波平,要是竖起来的话,又像古代的武士那么威武。

只是,不管发型再怎么浓密帅气,脸颊上都牢牢地涂着一层深橘色的腮红。像是化了浓妆的母亲,也像是醉酒的父亲。这已经远远超过稍微害羞就脸红的程度了。

"我回来啦。"

我跟往常一样打开堇房间的隔扇,看到她躺在床上并没有睡,而是像坐在被炉里那样,上半身直立着,大腿到脚尖都蜷缩在被子里。

"堇,感冒了?不舒服吗?"

要是发烧的话,必须得快点看医生啊。

"别担心啊。"

堇缓缓回答道。

"只是刚刚迷糊了一会儿。"

我放下心来,就想要跟丝带玩耍,结果原本在帽子底部的丝带不见了。

"哎,丝带呢?"

目光扫遍了整个房间,也没发现它的影子。脑海里浮现出最近刚从图书馆学到的一个恐怖的词:死鸟。

[①] 日本作家长谷川崎子画的一部漫画,多次改编成动画、真人戏剧、舞台剧等衍生作品。译者注。

和我的担心相反，堇却不紧不慢地悠悠地说：

"还在这里睡着的。"

堇轻轻地双手叠放在胸前。

"云雀，来，过来。"

堇把身体挪开一点，匀出我坐的空间。我按照堇的话，把脚放在被窝里，坐在了床上。脚那儿似乎放了个电暖炉，很暖和很舒服。

堇穿着奢华的裙子，像是新娘的敬酒服。仔细一看，因为这条裙子，被子的一部分异常鼓起来。堇要给我看她的胸口，结果一条毛线织的大围巾从肩膀上滑落下来。

堇的胸前什么也没有，只能看到如掺了牛奶般白皙的肌肤。

"在哪儿呢？"

我担心地小声问她，堇低下头，用唇形告诉我："在这里。"

"好像在这里最能安心。"

我顺着堇的视线看去，的确，丝带在那儿。在堇的胸特制的婴儿床上，正酣然入梦。

随着堇的呼吸，丝带也跟着一起一伏地上下动着。

"总觉着这条裙子是最合适的。"

堇羞涩地补充说。

堇穿着的是条金色的裙子，胸口隆起，衣服表面缝着很多亮片和串珠。胸前的罩杯结结实实的，正好成了个托盘，完全把丝带给裹住了。看上去就像是为丝带专门制作的特殊房间。我也想试试呢，可是胸还没有发育好，没有可以让丝带睡得舒服的地方。

"好可爱呀！"

像是做着美梦似的，丝带香甜地睡着。

"的确。所谓的爱不释手，说的就是这样吧。"

堇嘴里像含着蜂蜜般柔声说着，又把围巾放回原来的位置。从她身上传来香甜的气味。

自从放寒假，我就几乎一天二十四小时都和丝带待在一起。把学习用品都拿到堇的房间，在那里做作业。画画儿玩的时候也好，看书的时候也好，吃点心的时候也好，不论何时，我的视线之内都能看到丝带。

有时候，我也会给丝带读读绘本听。每当这个时候，它都摆出一副要钻进画面里的架势，简直像是贴着放大镜在仔细观察一样，一动不动地紧紧贴着绘本盯着看。据说小鸟看到的世界，和人一样，甚至比人看到的还要多彩，也许在丝带看来，绘本在闪闪发光吧。它那圆圆的珠子一样的眼睛一眨一眨地，用心地听我说话。就好像能完全听懂我说的内容似的。

丝带也和我们一起用布偶做游戏。它喜欢曲奇。曲奇是只淡茶色的猫，要比丝带大上一两圈，是我从幼儿园开始就喜爱的一个布偶。我一拨动曲奇，丝带就非常开心，展开双翅扑闪着，"喳喳喳"地叫着追着跑。我模仿猫的叫声挪动曲奇的前爪，抬起来，丝带就兴冲冲地上来挑战，最后，彻彻底底地把曲奇击败。这样一来，丝带就像是拳击世界冠军一样勇猛，炫耀似的围着曲奇转圈。这时候，丝带的尾巴总是笔直地向上耸立着。

玩腻了这个游戏后，丝带就钻进我的衣服里，玩捉迷藏。从我毛衣袖筒里钻进去，沿着手腕到肘部，再到上臂，爬上肩膀，然后从我脖子那儿出来，之后再钻进去，从另一边肩膀爬到肘部，接着突然从手腕那里出来。我一趴下，丝带就像是要开阔视野一样跳到我背上。每次被它的羽毛挠到腋窝的时候，都感觉非常痒，我要拼命才能忍住不笑出声来。

和丝带在一起的日子，时间转瞬即逝。一回过神儿来，已经是薄暮时分了。我想留在家里尽可能地陪着丝带，所以对于去滑冰场啊、参加圣诞晚会啊之类的邀请都断然拒绝。

我决定用压岁钱给丝带买个鸟笼。

最近，丝带开始把翅膀张开，练习展翅了。它的腿和腰也结实起来，很快就能自己觅食了。虽然它还是很可爱，可是已经不再是雏鸟的感觉了。堇的胸前已经藏不下它那么大的个儿了。丝带在这两个月的时间里，一转眼就长成了一只真正的鸟。

雨雪交加的节日下午，父亲开车把我带到了杂货市场，我本不喜欢和父亲两人单独外出，但是母亲去参加高中的同学聚会了，没办法。

于是我就用鸟笼的事来转移注意力。堇说因为是用我的压岁钱买，鸟笼就全权委托给我来选了。她和丝带都在家里等着。我把今年收到的压岁钱，全都拿出来放钱包里带来了。

无论是我还是堇，都不想把丝带关在鸟笼里。但是，出生两个多月了，丝带越来越喜欢在房间里跳来跳去，还逐渐想要爬上高处。堇的房间里东西层层叠叠地堆着，有些东西什么时候会砸落下来，都是不可预测的，也会有危险。所以今后不可能再放养丝带了。最近，有时候我不知道丝带钻进堇的被窝里了，就直接往床上跳，结果就会听到它一声尖叫。堇也是，丝带在身边，晚上总是睡不踏实。现在整个房间都是丝带的鸟笼，但总归是不能一直这样的。

我们班有个男生家里养了很多虎皮鹦鹉，他曾得意扬扬地说为了不让鹦鹉飞走，就把它们的羽毛剪断，可是，这样的话小鸟很可怜。我和堇是绝不会那么做的，所以也许鸟笼就是必需的了吧。

我想，为了让丝带能多活动，至少要给它选个大点儿的笼子。

店里的小姐很懂养鸟，听了她的建议，费了些时间选了个鸟笼。单是鸟笼的种类就有很多，我最开始想选一个顶部是半圆形的，店里的小姐说像丝带这种鸟，比较适合极其普通的四方形的。不然的话，地震时一旦恐慌，待在半圆形的狭窄空间里的小鸟一下子就会把翅膀给撞断了。于是，我决定买她推荐的传统四方形鸟笼。这样的话，一个人双手展开就能抱起来，丝带在里面也能展开翅膀。

买完鸟笼还剩了些钱，我就给丝带买了玩具，都是些装在鸟笼里面的秋千呀、跷跷板呀、梯子什么的。有了这些，丝带在里面想玩的时候就能自己玩了。

一回到家，我就开始准备丝带的"城堡"了。把报纸折成正好的尺寸铺在下面，两个容器里分别放上食物和水。

"丝带，从今天开始，这里就是你的家哦。"

整理好，我立刻把丝带放到手掌上，试着让它进去。但是它却很快从我的手腕移向肩膀了。又试了一次，结果还是这样。

丝带就是这么顽固。它把脸扭向一旁，似乎在说："讨厌，就是讨厌！"我想着也许堇像母亲一样照顾着它，应该很了解它的脾气，就让堇试了试，结果还是一样。就这样一直到了傍晚，直至天黑。

晚饭后，它终于成功进鸟笼了。

我回到堇的房间，看到丝带正抓着笼子的栅栏，不可思议地朝里面看。

"进去吧，这是你的城堡哦。"

我柔声说着，打开了鸟笼的门。门完全拉开后，就像是个走廊。丝带一步一步地经过这个走廊，自己毫不费力地就去了。

"堇，你看你看，丝带进去啦！"

我把鸟笼拿给堇看。她回来的时候顺便上了个厕所，稍微晚了一点回到房间。尽管鸟笼的门还开着，丝带却没有一点要出来的意思。它抓着固定在高处的栖木，脸倾斜成四十五度看着外面，表情里没有丝毫不满。我和堇对视了下。

"一定是丝带自己想进城堡的吧。"

堇眯着眼睛若有所思地嘀咕道。她的眼角又呈现出一条弧度来。

"是吗？！"

我觉得不可思议，堇怎么会知道丝带的想法呢？

"你看，云雀你不也是这样吗？你正想去做作业的时候，如果有人跟你说'赶紧做作业去'，你会非常不开心吧。"

堇说的确有道理。

"所以，我想丝带会不会也是一样呢？它是不是不愿意被我或者你硬推进去，而是想按照自己的意愿进去的呢？因为我自己有过很多次这样的经历，所以懂得。"

接着，堇就哈哈哈哈地高声笑着。

丝带也在新城堡的特等座上微笑着，它很喜欢我选的这个栖木，开心地在上面玩。

"丝带，住着舒服么？"

听到我问，丝带依然待在栖木上，"叽叽喳喳"地叫着。只是这是鸟语，我听不懂。不像平时想要吃的时候的低鸣，也不像平时的叫声，似乎是一种独特的绕口令。也许，这是丝带特有的充满活力的回应吧。

"丝带，晚安哦。明天见啊。"

堇说着，又拿起平时用的羊绒围巾盖在鸟笼上。

有那么一瞬间，我差点忘记它出生的时候是那么的小，那么的弱不禁风，又毫无防备，重量也只是跟一颗糖果差不多而已。然而不知不觉，就长成了这么漂亮的鸟儿了。一想到它还没出壳的时候的样子，再看看眼前的它，就有种看到神奇的魔法一样的感觉。鸟蛋，简直就像是一个魔法盒一样。

之后，我们会按时把丝带从笼子里拿出来放风。堇认为任何生物在幼年时期的教育都是非常重要的。因此，她规定每次放风时间最长一小时。如果超过一小时，那就让它在笼子里待两小时，并且，只在白天放风。因为小鸟到了夜里视力会急剧下降。最好让丝带也跟野生的鸟儿们一样，太阳升起的时候起床，太阳落山就睡觉。

这样一来，我放学回家后的一个小时，正适合给小鸟放风。我一心想要尽快跟丝带一起玩耍，比以前更着急赶着回家了。自从丝带来到家里，我走路快多了。并且，也能持续跑很长距离了。

即便是从学校到家之间的长距离，我也能不停歇地跑下来。当然是终点有丝带在等着我的缘故。在体育课上的马拉松比赛中，我可跑不了那么快。

一从城堡里出来，丝带就先瞄准堇的头。我不由得这么想：难道它还记着自己未出世的时候，蜷缩着熟睡的小世界吗？堇的头，是丝带的故乡啊。

丝带喜欢把堇的手腕和肩膀当成攀登梯一样，往上爬。并且，脚蹬着堇的耳朵爬到发髻上的时候，它一定会摆弄堇的簪子玩。

它什么都吃。一有喜欢的东西，丝带就会把它衔在嘴里，还会用舌头确认下，像是在品味一样。它似乎通过这样来记住东西。丝带特别喜欢簪子这样的细长东西。自从不再用头发当鸟窝孵蛋后，堇又重新用起了簪子。

丝带翻来覆去地玩过簪子后，最终肯定会把它拔下来。我每次看到簪子都会想起那支老式体温计，很是怀念。簪子都是我取回来的——我给丝带喂着点心，空下来的手就去拿回堇的簪子。

这时候，我总是不会忘记跟它说声："给我吧。"并且，从丝带那里拿回来的时候，还会发自内心地跟它说声谢谢。

于是，丝带接下来就会一个劲儿地用嘴啄堇有些凌乱的发髻，像是在挖雪洞，最后迅速钻进去。最终，堇的头发跟丝带的身体交织在一起，乱蓬蓬的。丝带又是拉又是扯的，直到弄开堇头上的发髻，就无比高兴。

曾经有一次我想要制止它，丝带就相当生气。

难得开心地玩玩，别惹我！

我觉得它是这个意思。不，不是我觉得，而是丝带用它的鸟语明确说的。我有时候能听懂它说的话。这一点，我谁都没有告诉。就连我最喜欢的堇，我也没有说。

我该不会一点点地变成鸟吧？每当这样想的时候，我的心就怦怦直跳。

虽然有些害怕，但是如果能像小鸟一样在天空展翅飞翔的话，也是很开心的吧。因此，我在自己房间时，双手会拿着蒲扇，悄悄地练习展翅，感觉差一点身体就浮起来了。只是这件事我没对任何人说。一想到和丝带一起翱翔天空，我的脸上就立刻浮现出得意的笑。

把堇的发型破坏得面目全非之后，丝带才终于满意地停止。堇的发丝乱糟糟的，在黑暗里看，就像是妖怪一样。

即便是这样的时候，丝带也绝对不会在堇的头上大便。它很爱干净，在笼子外面的时候，总是在固定的地方排便。

堇开始在梳妆台前整理头发，就轮到我和丝带玩了。游戏的内容有很多，捉迷藏啊、躲猫猫啊、给它读绘本啊什么的。不过最近，学习的时间多起来了。所谓的学习，就是技能练习。

我伸出食指，跟它说："过来。"丝带就会停在手指指的位置，用它前后四根细细的脚指，像绕线圈一样，紧紧地抓住我的食指。我想着它或许也能学会其他的，就开始教它好多技能。

亲亲，是丝带最近学会的技能之一。

"丝带，亲亲。"

我说着，也把嘴唇像小鸟那样撮起来，脸转过去。于是，丝带就会用自己的嘴，碰一下我的嘴，就像亲亲一样。

它抓着我的肩膀，稍稍探着身子，头斜过来，动作可爱极了。我每天总要和它亲亲几次。这无关乎丝带是雄性还是雌性。鸟类的性别，似乎只有等长大了才能看出来，我对此不是很关心。我的初吻对象，不是男孩子，而是一只小鸟——丝带。

我抚摸着它表扬它做的不错，丝带一下一下地在我掌心磨蹭着，像是在说"再抚摸下，再抚摸下！"它特别喜欢人挠它的月代头跟橘色的圆脸。心情好、兴致高的时候，就会把身上的毛抖得蓬蓬松松地跟牡丹饼①一样，眼睛半睁，表情木然。有时候还会仰面躺倒在我手掌上。

它也学会了一些话。

"堇！"

"云雀！"

"谢谢！"

"一起玩！"

虽然发音还不很清晰，但是有时候它嘴里经常会说这些话。只是，它自己的名字还说不好。或许，对于鸟来说，"带"这个音比较难发吧，一不小心就把音发成"太"了。

从冬天到春天的几个月里，于我，于堇而言，都像是和丝带一起度过的蜜月。

很快就又到了春天。

路旁的樱花，马上就要盛开。而我，这个春天，也要上五年级了。

到了四月，我们要举办茶会了。

所谓的茶会，就是每年春天在露台铺上野餐垫的例行公事，总之就是赏樱花。只是，我不知道今年会怎么办。自从在发髻里孵鸟蛋以来，堇就一直蜗居在自己屋子里，丝带顺利出生之后，也没再去观鸟了。我想着会不会等天暖和点儿堇再开始观察呢，可是看起来似乎没有这个迹象，一丝都没有。

---

① 牡丹饼：用大米、糯米、红砂糖、红豆馅做的一种日式点心。

今年不办茶会了吧，我刚这么一想，堇突然就开口说：

"云雀，我来办个茶会吧。"

接着又补充说：

"今年，加上丝带，咱们三个一起！"

我连声说好。

我告诉父亲要办茶会，他立刻给我们收拾好露台——周末，父亲母亲都在家。父亲把冬天里飘落在露台上的落叶和灰尘都扫掉，擦干净铺上野餐垫，之后，又把堇的摇椅搬上去。

丝带的城堡，是我自己拿着，一步一步小心地搬上楼的。丝带当然装在里面了。这是它的第一次旅行。

"干杯——"

蓝天下，我们的茶会隆重地开始了。眼前的"老爷爷"也已经伸展着枝干吐出嫩叶来了。说起来，丝带也曾经是这样，长着针那么细的尖尖的毛。如今，已经全无那时的踪影了。据说这种从幼儿的羽毛换新成成年的羽毛的过程，叫换毛。

虽然人听不到，空气中却好像有草裙舞的曲子在缓缓流淌。好像除了人之外，所有的生物都在随着曲子舞动。无论是路旁的樱花树、"老爷爷"，还是地上长着的郁金香，甚至连空中飞舞的蝴蝶和一直蜷缩在土壤里的毛毛虫，都开心地摇摆着。丝带的月代头也不时地摇晃。就连我也努力地侧耳倾听，想看看是不是能听到这首草裙舞的曲子。

堇正喝着凉凉的气泡酒，这是一个以前受她资助的人去年年底送来的。

我用和堇配套的玻璃杯喝着母亲给做的牛奶甜酒。一口喝下去似乎就会醉，所以我一点一点地，啜着含在嘴里。真的很甜，我喝了一会儿，全身都热乎乎的。丝带在我跟堇中间的笼子里，正不可思议地望着蓝天。仔细想想，丝带一直都是在堇的房间里，因为房间的窗户装的是毛玻璃，所以丝带这是第一次看到真正的天空。

丝带的眼睛里看到的蓝天，是什么样的呢。我努力去想象，却想不出来。也想不起来我自己是哪一天开始第一次看蓝天的。

接下来要把红小豆夹到面包里做成三明治。面包已经烤过了，表面也涂好了黄油，里面塞满了母亲做的红豆馅，吃的时候再加点儿香蕉、草莓或者是橘子罐头等水果。这是堇很久以前教我的吃法。她说在国外生活的时候，吃到这个就会怀念日本。茶会上，红豆三明治是必不可少的。我也最喜欢这个。我先把堇的做好，递给她：

"给。"

堇喜欢香蕉，我就特意多放了点儿。

"谢谢云雀。"

堇的手颤抖着，接过三明治。也许是我自己的感觉吧，自从丝带出生后，堇的手比以前抖得厉害多了。仔细一看，并不是我的主观臆断，她的手指的确在颤动。有一次，我以为堇觉得冷，就轻轻地握住她的手，结果发现并不凉。

接下来，我做了一个给自己。因为贪婪地放了太多红豆，差一点儿红豆就从面包里散落下来,我赶紧用嘴含住,嘴里一下子充满了香甜的味道。母亲为茶会准备的红豆,一向都是最棒的。

"好惬意啊!"

堇嘴里塞满红豆三明治,陶醉地说。

"真美啊!"

我也把嘴里塞满红豆三明治,学着堇的语气回应道。

偏偏在这样优雅的时刻,一辆小型废品回收拖拉机从我们跟前的路上经过,轰隆隆地响着,有很长一会儿,让我们都没法聊天。终于,拖拉机拐过弯,声音变小了。这时,堇突然问我:

"云雀,你有喜欢的人吗?"

说到喜欢的人,我瞬间想到的只有堇。不过,堇刚才问的,大概是有没有喜欢的男孩子吧。

"没——有。"

我有些直截了当地回答。跟堇和丝带比,这个世界上应该是没有和我更要好的人了。

虽然同年级的同学之间流行对喜欢的人告白,听说其中也有相互有好感常在一起玩儿的。

但是,我跟他们不一样。既没有我喜欢的男生,也没有跟我表白的男生出现。

"堇!你呢?"

我反过来问堇。从刚才开始,她就一直盯着装在"老爷爷"枝干上的鸟巢。

一切都是从那个鸟巢开始的。从那里，丝带开启了自己的生命旅程。虽然不过是几个月之前的事，我却觉得从很久很久以前就开始和丝带在一起了。如今，我无法想象没有丝带的生活。

"有过呀。"

过了好一会儿，堇才静静地回答。一瞬间，我都忘记自己在说什么了。哎，对对对，好像是在说喜欢的人。

"是两厢情愿的吗？"

我忐忑不安地问。

"或许，我想，是的吧。"

堇鼓起圆圆的腮帮。

"那，你跟他交往了吗？没有结婚吗？"

我立刻连声问。因为堇一向都不怎么讲自己的事情，我觉得这正好是个机会。

"怎么说呢……"

堇抬头望着天空，像是听到有人喊自己的名字似的。

"因为，那个人，突然就不见了。那时，我要是有翅膀该多好。"

说完这些，堇就绝口不再提了。我继续吃着剩下的红豆三明治。

突然发现丝带正抓着笼子里的横木，盯着我看。或许是对红豆三明治感兴趣吧。

"你也要吃吗？"

我试着问丝带，结果它就温柔地回应我，像是在说"想吃一点"。虽然我心里也在忖度给它吃这样的东西有没有问题，可是它好像很想吃的样子，所以我就把自己嚼了一半的红豆三明治缓缓地拿着靠近它。丝带似乎觉得难以置信，张开嘴，用舌头试探了几次之后，就开始埋头挑香蕉吃。

"丝带，这个啊，是香蕉哦，香——蕉——"

教完这个，就听到丝带又用它那独特的鸟语说"最喜欢这个味道"。堇若有所思地看着丝带小心翼翼地吃东西的样子。

等面包和水果都进了我们的肚子，堇才再次开口说话。

"我们来唱歌吧。"

说着，她也不进行发声练习，突然就开始唱起来。

是那首歌。是堇用自己的头发当鸟巢孵鸟蛋的时候经常用来当胎教歌的那首优雅的曲子。自从丝带出生以后，也经常听堇哼着催它入眠。

近距离听堇唱歌，非常舒服。我整个身体就像沉在软乎乎的泡泡里一样，渐渐地，就有了睡意，眼皮也变沉了。

忽然我一睁眼，发现丝带也在跟着一起唱。

它并不能清晰地唱出歌词，只是嘴里嘟嘟囔囔地嘀咕着。

即使如此，它还是和着堇的歌声，上下左右地摇晃着身体。唱到熟练的地方，就挥舞着双翅，简直就像是歌剧歌手在演唱一样。它那伸得笔直的黄色长羽毛，以及宛如小小波浪一样接连不断的小花纹，看起来就像是为它量身定做的舞台装。唱着歌的丝带看上去真的很幸福，单是看它唱歌的样子,我都觉得自己被幸福包围着。

我就这样迷迷糊糊地听着堇和丝带歌唱。堇的歌声一直持续到快天黑的时候,像是一束光,照耀着我。

五月,终于迎来了我翘首以盼的日子。

丝带出生,正好半年了。我们决定庆祝下。

从学校回来的路上,我稍稍绕了点儿远路,拐到了儿童公园。那儿长着很多丝带喜欢的繁缕。我想采一些作为礼物送给它。丝带已经不再只吃小米,也能吃些其他的食物了。以前只能吃些温热的,现在不用加热,自己就能吃得很好了。它现在特别喜欢吃新鲜的青菜。

我在繁缕里放了些紫花地丁,看起来相当可爱。

紫花地丁的花远远看去,就像是张笑脸。我采了好多,做成了一个花束。这是我送给丝带的礼物。

一只手拿着繁缕花束,不知为何我内心雀跃,在无人的弄堂里欢跳着前行。每次落地的时候,书包里装着的笔盒啊、笔记本啊、刷子啊,就会哗啦啦地响。再拐一个弯到樱花道,就能看到我家的大门了。想早点见到丝带,也想早点见到堇。

最近,堇告诉我,每当临近我回家的时间,丝带就开始在笼子里坐立不安。我打开大门的瞬间,它就"啪"的一下移到笼子口,像想要快点出来似的在门前等候。所以,这会儿,丝带应该已经伸长了脖子等着我回来了。

丝带，我马上到哦。

我在心里对丝带说着。

然而，拐过弯的瞬间，我的幸福期待消失得无影无踪——只见堇只穿着袜子倒在大门跟前。

"怎么啦？"

我握着繁缕花束拼尽全力跑过去。

"堇！"

堇脸色苍白。一种不祥的预感，骤雨般袭来。

"丝带，丝带它……"

说到这里，堇就说不出话来了，孩子般地用力紧紧抱住了我，在我怀里一直哭泣。

"怎么了啊堇，丝带怎么了？"

我摸着堇圆圆的背，想要问清状况。堇用微弱的声音念叨着说：

"我想着，自己能不能帮帮忙呢……"

"然后呢？"

我想知道之后怎么了。

"我想要打扫打扫笼子，就把丝带放出来了。当时，电话响了，我就迷迷糊糊地把房间门打开了。"

堇带着哭腔继续说道。是那个时候丝带逃走了吗？不过，之前我心里还想着会不会是丝带受伤了，甚至更坏的结果，所以听了之后也有些放心了。

"对不起,真的对不起。我把我们重要的宝贝给弄丢了。"

董扑簌扑簌地落着泪,一个劲儿地向我道歉。

"董,没事的,没事的,丝带一定没事的。"

我柔声安慰她。

可是,丝带是否还活得好好的呢?如果活着,也许我们还能在哪里再相见。也许很快它就会回来也未可知。虽然心里这么想,可是看到董泪眼朦胧,连我的眼里也溢满泪水了。不可能不伤心的,只是,有种无论怎么做都是徒劳的悲伤感在一步步向我袭来,让我一动都动不了。

"对不起。"

董说着,这时,樱花树上飞起一只黄色的鸟。

我大声喊道:

"过来,过这边来,回来!"

我伸出食指,拼命地朝丝带挥手。可是,丝带头也不回。一眨眼,就消失在傍晚淡粉色的云层中了。

"丝带!"

我拼尽全力又喊了一声。但是,"亲亲"这句话,没有喊出来。

董还在哭泣。我的眼里又开始溢满泪水了。我从没有想到丝带会这么矫健地在天空展翅翱翔。

刚才直冲云霄的丝带的背影,似乎才是真正的丝带。它的翅膀和尾巴,像是美丽的蝴蝶结一样优美地展开来。

我跟个木头人一样,一动不动地望着天空。或许,或许还有奇迹发生。这样一想，就一动也动不了。堇也蜷缩在我脚旁，凝望着天空。

然而，奇迹最终还是没有出现。直到皮肤上感受到寒风，我才回过神来，从喉咙里挤出一句话：

"我们进去吧。"

我双手托着堇的腋下，让她站起来。然后紧紧握住她的手。就这样我和堇牵着手，缓缓走向近在咫尺的大门。

原来，丝带并不是宝物。

我和堇两人一起孵鸟蛋，在它还睁不开眼睛的时候不断给它喂食，丝带和堇我们三个一起度过的快乐时光，所有的这一切，对我而言，都是珍宝。所以，宝物是不会消失的。它会一直在我的心里。

丝带长着的漂亮的长羽毛，是上天赐予它用来翱翔苍穹的。丝带是为了在天空飞翔而诞生的。所以，那才是它本来的样子。

进家之前，我悄悄地把繁缕花束放在了地上。也许，丝带还会回来呢。把它最喜欢的繁缕放在这里当成记号，它就知道这是我们的家了。

不知怎的，突然就回想起丝带从我肩膀跳到脖子后面，再爬到另一边的肩膀一幕。泪滴忽然就如雨水一样，"啪嗒"一下从眼角滴下来。

我再一次抬头望向天空。

丝带，的的确确在天空中。

丝带还活着。今后也会继续活下去。

所以，今天就当成庆祝丝带启程的日子吧。它也一定在天空中，守护着我和堇。

因为，是丝带永永远远地把我和堇的心灵连在一起。

我一再努力地想要让自己振奋起来，可泪水还是止不住。

依然，想要再看一眼丝带。

想要见一面，再和它一起玩一玩。

第二章

马上，樱花就要盛开了。

去年，我是那么翘首以盼。然而，今年却不想让它开。樱花一开，我就会想起事情已经过去一年了。季节，又过了一个轮回。

如果去年的今天，什么都没有发生过，那该多好。

我决定离开这个家。刚才送丈夫上班走后，我就一直在心里反复思考这件事。是的，我决定了。即便留在这里，我也没什么用。

终于只剩下我一个人。昨晚几乎一夜未眠。我打开冰箱，拿出喝了一半的白葡萄酒，从置物架上取下杯子，就直接倒进杯子里。

一年半前，我们努力办了分期付款才买了新建的公寓，搬了进来。我们两人以前住的房子太小了，想着趁怀孕一鼓作气买个公寓。似乎当时很多人都是这个原因才买的。大概是因为春天到了，窗户都开着吧。不知道哪家又传来了小宝宝的哭声。

到处都能听到小宝宝的哭声。

我家里，本也应该响起这种声音的。那种大声宣布自己存在的、充满生命力的婴儿的声音，那种用全世界都能听到的力量呐喊的声音。只喝一杯白葡萄酒，情绪还是高涨不起来，我又开了一瓶新的。右下方那户人家的宝宝终于安静下来不再哭了。可是，另一家的孩子还在号啕不止。

预产期恰好是樱花开放的日子。那时的我跟现在一样坐在这里，不时欣赏着窗外的景色，从早到晚地缝着尿布。肚子里的宝宝一踢我，我就双手抚摸着大肚子，说："快啦快啦。"一直在期待着和宝宝相见的一幕。

第二杯喝了四分之三左右，心情终于平静下来。看着别人上班或者上学，我就只能茫然地呆立着。刺眼的太阳像是在责备我，也像是在逼近我，一种罪恶感向我袭来。只有黑夜能放任我的软弱，夜色才能悄悄地掩藏起我虚无的哀伤。

我坐立不安，于是从椅子上起身。拿下桌子上放着的小陶器，瞬间，内心变得平和起来。

包裹陶器的毛线套子，是我织的。如今已记不起是怎么做的了。明亮的银灰色细毛线，本来是打算用来织夏天戴的帽子的。后来没有织成，就用来包骨灰坛了。

心急的公婆送来的玩具和宝宝衣服，丈夫的表兄妹送的婴儿床，不知何时都不见了。反而不知道什么时候，阳台上封了张网。是怕我从那儿跳下去吧，丈夫的担心真可谓是一目了然。

当时，为了有个好视野，我选了位于顶层的七楼。只是，现在我连从这里跳下去的勇气，也没有了。

等我回过神来，刚才一直哭的宝宝也停了下来。现在大概正躺在母亲怀里吃奶，脸上充满满足的表情吧。

那天，是我期待已久的预产期。但是总觉得有些不对劲。送丈夫出门后，我急忙赶往医院。不安一秒一秒地涌上来。明明昨天还在动，今天却突然不动了。我一次又一次地抚摸肚子，目不转睛地喊着："宝宝，求求你醒醒。"

那种一睁眼就有的不祥预感，该怎么描述呢？至今我都觉得不可思议。为什么那天早上突然胎停了呢？我是哪里做错了吗？

到了医院，这种预感得到了确认。即便如此，也必须得把肚子里的孩子生下来。我拼命用力、叫喊、咬紧牙关。从医生和助产士们的表情中，我能感受到几乎没有任何希望。但是，心中还奢望着也许会有奇迹发生呢。也许在生下来的瞬间，他就能喘过气来呢。然而，奇迹没有出现。

等我醒来，发现自己已经被移到了病房，丈夫正守在床边。我一言不发地盯着他看，他也只是默默地紧紧握住我的手。那一刻，我什么都明白了。

"辛苦了。"

隐约觉得丈夫嘶哑着声音在说。谈恋爱至今在一起四年了，我还是第一次见他流泪。

"让我看看。"

我好不容易挤出了一句话。丈夫哭着无声地摇头。他伸过手来想要安慰我，我大声叫起来：

"求求你了，让我见一面。"

我想亲自确认下孩子的状况。我必须要亲自确认下。孩子连一次都没有被母亲抱过就被埋了，怎么能那么残忍呢。

我的孩子，是个漂亮的男孩子。据说体重不足三公斤。

他安详地躺在包被里，紧紧闭着双眼。看起来是个意志坚强的孩子。

尽管孩子生下来没有存活，但我的身体却当成是已经生产了。乳房开始发涨，母乳溢了出来。虽然明知道没意义，我还是把自己的乳头靠近宝宝的嘴边。那一瞬间，我已经满足了。可是，时间在逼近。这个孩子既不是玩具也不是人偶。留给我们一家三口一起度过的时间，不过区区几日而已。

公寓附近有条河，人行道沿河蜿蜒着，樱花树等间距地挺立在两边。当初，和丈夫去看公寓回去的路上，我跟丈夫曾经走在这条散步道上说这里可以放心地让孩子玩耍吧。彼时，我毫无疑问地确信：只要怀孕，就肯定会生下一个健康的宝宝。

最后一天，我抱着他承载生命之重的小小身体，一家三口走在樱花道上。在我住院期间，樱花盛开了。我像是做了一场梦。一场虽然极其短暂却坚定会实现的家庭美梦。

一年，又一年。原本只能怀抱着或坐在婴儿车里的小孩子，会走了、会跑了，甚至长到了和父母牵手都觉得害羞的年纪，即便这样，也要一家三口在樱花树下拍照留念。这些奢侈的愿望都无所谓了。我只想我们一家三口能够安安稳稳地笑着过每一天，就觉得很幸福了。

我们看到了一个路过的女士，把相机递过去，请她帮忙拍照。她理所当然地喊着："好，茄——子！"那一刻，我和丈夫都笑了。女士大概没有注意到孩子的异常吧。身边慢跑的人们，把孩子放在婴儿座上的年轻母亲，坐在长椅上的情侣，在步行道上奔跑的孩子们，他们大概都觉得我怀抱中的孩子只是睡着了而已。

结果，这成了我们唯一的一张全家福。

喝着白葡萄酒，我的眼皮终于沉起来了。如果能这样睡着就好了。我这样想着，就开始昏昏沉沉起来。只有在这种状况下，我才能入睡。但绝对不是睡着。大脑深处一直清醒着，在想着儿子。连我自己也不清楚到底是想忘记还是不想忘记。我怀着万分虔诚的心，想要跟长大了的儿子见一面，哪怕是在梦里也好，哪怕只有一次也好。

不知道过了多久。突然，传来一个声音：

"一起玩吧！"

的确，听起来就是这句话。只是，这个屋子里不可能有其他人。我把还盛着白葡萄酒的杯子挪到旁边，把小小的骨灰坛紧贴在脸颊跟前，看着桌上我们一家三口的照片。

会不会是我的孩子没有死？

我脑海里这样一闪念过，又闭上了眼睛。春风，很舒服地吹进房间。再睁开眼，我就要整理行囊，离开这个家。脑海里浮现着这个念头，我两只手紧紧地抱住头，想要抓住睡魔的尾巴不让它逃跑。好想回到一年前的今天。

再次醒来,夜色已经逼近。果然,什么都没有发生。如果再继续这样生活下去的话,我和丈夫都会崩溃的。两个人的悲伤就像是在做乘法,只会愈加痛苦。

我站起来想要整理行李,突然,我的目光停留在白色窗帘上。窗帘里,有东西在动。是幻觉吗?我已经到了有幻觉的地步了吗?宛若一个小天使在窗帘对面。小天使越过窗帘,在开心地跳着。它的周围,强烈的光芒忽闪忽闪地照耀着。

"春人!"

我立刻喊了声儿子的名字。不知为何,听胎动的时候就觉得是男孩子,所以想的全是男孩的名字,跟丈夫商量后,决定取"春天的人和事"之意,写成"春人"两个字。

迎面吹来一阵大风,把窗帘卷了起来。窗帘对面,耀眼的光芒照亮了整个世界。我和天使四目相对。

"春人?"

我又喊了一声儿子的名字,天使再次从花架上抬起头。我甚至忘记自己的存在了。一住进来,我就开始在花架上种蔬菜了,原想着等孩子断奶后要给他吃这样的安全蔬菜的。但出事之后,就一直没有再照管过。

我以为的天使,是只黄色的小鸟,正在啄油菜刚刚发出的嫩芽。它有着浓浓的橘色脸颊,像是化了妆一样。

我一靠近窗户,黄色小鸟立马离开花架边缘,从扶手那里飞起来了。

丈夫苦心张起来的网，也没能挡住这只小鸟。我走到小鸟已离开的花架前，久久地看着楼下。随处都隐隐约约能看到春天的景致了。

我蹲在花架前，指尖抚摸着油菜锯齿形的叶边。在这个狭小的世界里，土壤也干了，肥料也没施过，即便如此却长出了油菜。枯萎、播种，再枯萎，再播种，它小小的生命大概就是这样生生不息的吧。

想到这里，我不禁泪流不止。

刚才在花架上的，不只是只小鸟。

是春人变成天使回来了。他想告诉我，不要那么悲伤，一起玩吧。这是能让变成天使的春人回来的地方。所以，我也必须留在这里。

很快，也许樱花就要绽放了吧。

就像是要给春天里出生的人儿隆重庆祝一样，骄傲地怒放。

※※※※

小鸟之家位于我们代表自己掏钱买的山里。那些荒废的土地，大都是我们自己开垦，用来建房子、平整成耕地。如今依然还在开垦。我们的梦想是，让这里将来能成为鸟儿们理想的避难所。

这里有小片果园，也有田地，能够为鸟儿们提供部分食物。今年开始栽培稷子和谷物。当然是由员工们管理的。

所以，不停地干，不停地干，工作也做不完。并且，小鸟们也不是每周有双休的，因此大家不可能同时休息。这就意味着在这里工作，没有盂兰盆节也没有新年，只有日复一日地和鸟儿们过着平静的生活。

听说我毕业后在小鸟之家工作，我的大学同学们都用同情的目光看我。但是，我却觉得那些一心想在都市里生活，和别人都拥有一样表情的人才是不可思议。我对什么流行时尚呀，什么迪士尼啊，完全没有兴趣。

我走到杂草茂密的小山上，在上面采了两三枝漂亮的野花。

我拿着花走向纳骨堂。那里存放着在小鸟之家去世的鸟儿们的骨灰。

很遗憾，虽然它们来到小鸟之家，但是并不是所有的小鸟都能见到新的家人。有很多小鸟都是在这里去世的。虽然没有明确规定，可是员工们每天都会来纳骨堂祭拜一次。

祭拜完回到办公室，我看到其他的员工已经到齐了。一脱下穿了几个小时的长靴，才发现鞋底已经被汗水浸湿透了。我们很多工作都是在水里或者田里，所以无论多么炎热，长靴都必不可少。用来躲避尖嘴的鸟儿们的攻击，它也是最好的工具。午饭时间不到一小时。今天，我还是吃光了自己亲手做的便当。

午饭后，我要把笼子里的鸟儿们带到露台，让它们玩耍下。露台其实就是在普通的地面四周和上方罩上铁丝网。我们是按着高尔夫球场的样子做的，地面上种了茂密的草，还有树。在这个空间里，鸟儿们能够在更接近真正的自然环境中沐浴阳光、尽情展翅、开心戏水。

让鸟儿们开心地玩耍同时，还要让它们适应人类，对它们进行驯化，让它们能更容易找到新的收养家庭。我们不断地对鸟儿们进行训练，希望它们能遇到自己第二、第三次的新生活。如果能适应人类的话，找到新的收养人的可能性就会大大提高。

我正把一对如秋天晚霞般粉粉的彩冠凤头鹦鹉放在两边肩膀上,准备带它们去露台。

"小鸟,待会儿有时间吗?"

亚隔着铁丝网叫住了我。不知道是偶然还是命运使然,我姓"鸟须"。所以同事们都喊我"小鸟"。

亚是小鸟之家的元老,代表的左膀右臂,负责小鸟之家的整体运营。他以前在一家大型的宠物店工作。因为厌倦了那里的争斗,就加入了小鸟救援队,一直待到现在。他毕业于动物保护的专业学校,经验丰富,主要担任检疫和治疗的工作。

"我想给你介绍一只新来的小伙伴儿。"

我把那两只鹦鹉放到栖木上,走出露台后,亚对我说。

我跟在亚身后,走向位于另一栋房子的免疫室。从背后看,亚不管怎么看都像是个真正的黑社会。当初,我确实很怕他,不敢和他说话。

来到这里的小鸟们,最初的一个半月一定是在亚管辖的检疫室度过的。它们在这里接受细致的检查,确认是否携带病菌。因为一只鸟带来的疾病或者细菌,很快就传染到其他鸟的例子并不少见。因此,考虑到潜伏期,会让它们先隔离一个半月。

"是在垃圾堆里发现的那只吧。"

我想起了全体工作人员会议时报告的鸡尾鹦鹉的信息。令人伤心的是，像这样的事，并不罕见。这世上，真的有人能冷漠地把还活着的生物当垃圾一样扔掉。

"是的是的。小鸟，你在这里等一下啊。"

亚说完，用放在免疫室入口处的消毒液小心地给双手消毒，又把长靴也洗干净。免疫室只允许员工们进来，如果把细菌带进来的话，就完了。

"看，就是这只。"

过了一会儿，亚回来了，手里拿着一只小动物用的旅行箱。

里面是一只鸡尾鹦鹉。澳大利亚的野生鸡尾鹦鹉全身灰色，只有头部是黄色的，但是如果缺少黑色素的话，就会变成全身奶油色的鸡尾鹦鹉，被人称为白鹦，是比较受欢迎的鸡尾鹦鹉。

"我觉得还是不能把它和野生的鸟儿放到一起，你帮我看看吧。"

今年夏天起，我开始管理野生鸟室，里面放的有鸡尾鹦鹉，也有虎皮鹦鹉等，都是放养的。

"好瘦啊。"

一般鸟儿因为全身覆盖着蓬松的羽毛，很难看出实际体格，即便如此，这只鹦鹉仅仅从表面就能看出线条纤细。不仅纤细，尾巴左上方的羽毛还呈现出弧形，简直像是一弯峨眉月的剪影。

"是啊，不怎么吃啊。"

"意思是没有治疗的必要了吗？"

按规定，有必要治疗的鸟儿都放在跟免疫室同一栋楼的治疗室。

那里终年保持着室温恒温三十度。

我蹲下来,仔细看着这只鸡尾鹦鹉。从侧面看到它的瞬间,我的心脏几乎停止跳动了。

亚就在跟前,我不能哭出来。然而,泪水还是缓缓地溢满眼眶,不停地流下来。我解开系在手腕上的手巾,假装擦汗把泪水擦掉了。

"体重已经不到80克了,也不怎么吃。能不能放在治疗室还不好说,说实话,我也很头疼,总觉得这只鸟跟人多接触要比待在治疗室好些。虽然现在还很怕人,但看起来岁数还小。所以,它会不会其实并没有受很重的伤……当然,这只是我的第六感而已。"

亚继续说着,他并不知道我在悄悄落泪。

平日里多跟鸟类接触的话,就会知道鸟儿们各有各的性格。

就算是一般认为胆小的鸡尾鹦鹉,性格也是千差万别,既有真的腼腆胆怯的,也有胆大无所畏惧的。到底是生来就性格不同,还是受主人影响不同而形成的,我不清楚,但确实是有一百只鸟,就有一百种性格。

并且,有的鸟儿跟人类一起生活会感觉幸福,也有的鸟儿更喜欢和同类一起生活。和人共同生活,在关爱中长大的鸟与旷野里长大的鸟,表情有明显不同。

眼前的这只鸡尾鹦鹉,确实如亚所言,即便现在不是,可能它原本就是那种和人类一起生活感觉幸福的类型。因为在人的关爱下长大的鹦鹉表情柔和,一眼就能看出来。

"我努力试试看。"

勉强忍住泪水,我稍稍站了起来。也许亚已经看出来我哭了,因为眼睛怎么看都像是哭过的。只是,他什么都没说。

我接过装着鸡尾鹦鹉的旅行箱,走向小村庄。包括放养在屋子里的野生鹦鹉在内,小鸟之家现在生活着近十只鸡尾鹦鹉。虽然叫"鸡尾"鹦鹉,但它们其实都属于鹦鹉,其标志就是拥有头顶漂亮的羽冠以及能够表达情感的能力。

它真的跟柠檬一模一样。

傍晚,结束了一天的工作,我走出田边,骑着自行车一口气赶回公寓,盯着柠檬的照片一直看。照片是我亲手裱了框的,在狭窄的门口的鞋柜上放着。

母亲不喜欢动物,那是我再三央求父母,趴在地上苦苦哀求,才终于买到的鸡尾鹦鹉。照片里,拘谨的柠檬清高地站在六年级小学生的我的肩上。我特别特别喜欢它。

我把柠檬放在一个带盖子的盒子里,就像遛狗一样,带出去野餐。带它去公园、去高架桥、去池塘边等各种各样的地方,一起看风景。现在想来,柠檬用自己全部的力量让我感受到鸟儿的魅力。

只是,这张照片拍完几个月后,柠檬就死了。它不是病死的,而是我害死的。当然,并不是故意的,但我在无意中,伤害了它。

我把人吃的饼干啊点心啊都喂给它,有时候连肉也给它吃。我误以为它很喜欢。等到它看起来不舒服,立刻送去宠物医院的时候,为时

已晚。它已经无法呼吸了。

一般来说鸡尾鹦鹉都能活二十多年的，可是柠檬只活了它生命的五分之一。因为从小就开始吃乱七八糟的食物，它那相当于人的胃的嗉囊已经完全破裂了。

那天夜里，我号啕大哭到喉咙嘶哑。哭到抽搐、哭到呼吸困难。眼泪还是止不住。因为，柠檬是因我而死。是我，夺走了柠檬的未来。

那个时候，如果能让柠檬活过来，我宁愿把自己的生命给它。我是真的那么想。那种忘我的痛哭，之前没有过，之后也没有过。即便父母去世，我也未必那么伤心地痛哭吧。无论是谁造成的，也都无可挽回了，留给我的只有悔恨。我想，说不定它会活过来，那天晚上，我把柠檬放在睡衣里面，抱着它睡。但是，到了早上，柠檬还是没有活过来。

每次去小鸟之家的纳骨堂上香的时候，我总是也为柠檬祈祷冥福。我祈祷，小鸟们在玩耍的时候，请和柠檬一起玩。我真的一天都没有忘记它。从那时起，我再没有心情养其他的小鸟。

所以今天，看到那只鸡尾鹦鹉的时候，我怀疑自己的眼花了。

我完全混乱了。仿佛有一种不可思议的想法在蔓延。

对，那个时候，柠檬并没有死。

有那么一瞬间，我真的这样想了。

我的梦里，真正的柠檬，只是任性地从笼子里飞出去了而已。所以，是我误以为它死了。它其实在其他地方一直活着。

柠檬离开我身边，还不到十年。我所知道寿命最长的鸡尾鹦鹉活到了三十七岁。所以，就算柠檬现在还活着，也没什么不可思议。或者说，完全是有可能的。我这样天马行空地想着，心情瞬间变得平静了。

但是，旅行箱里装的，终究不是柠檬。柠檬的腮红颜色跟这个有一点点不一样，更淡一些，若有若无。

所以，我又想，这里的这只鸟儿，是柠檬转世的。这样一想，我就觉得开心得像又能见到柠檬一样。

我匆匆忙忙地换了衣服。

今天晚些时候要去打工。因为光靠小鸟之家的工资是没办法满足所有生活开支的，所以我就在公寓一楼的酒吧里，一周打个一两次工。我是刚一个人住这里不久的时候，在公寓里碰到这家酒吧的女掌柜，被她相中了。

一听说我没有合适的衣服，女招待前辈就送给我好几件。虽然我穿上腰部松松的，但折起来穿上正好。前辈给我衣服的时候，顺便也把正用着的鞋子、化妆品什么的也给了我一些。

当然，去小鸟之家的时候我是不化妆的，其实即便是这会儿我也不想化，都是为了鸟儿们。迅速地化了妆，又匆忙涂上口红之后，我看上去就像是个妖怪。看着镜子里的自己，我不禁笑出了声。与其说是去当招待，还不如说去参加假面舞会。只是，在这种乡下，时薪一千以上的工作几乎没有，而且还不用骑车，下楼就到。营业前，还能吃到女掌柜亲手做的好吃的饭菜，说是客人，可几乎都是面熟的常客了，其中也有人带着老婆孩子一起来的，所以有种在自己家里的氛围，也没什么出格的事。并且，这里的人虽然不像小鸟之家的人们那样，但也基本都是早睡早起的，虽说是夜间的工作，最晚不过十一点多就能回去了。当然，有时候也有点儿不想跟人打交道，但是一想到为了挣钱，就能忍忍了。

顺便说下，我在这里也是叫小鸟。不过，我没有告诉他们我在小鸟之家工作。即便名字都一样叫小鸟，我和在小鸟之家工作时候完全不同。

我冲着柠檬的照片送去离别的飞吻，就急忙出了房间。虽然穿长靴走起路来要舒服得多，可是没办法，还是要穿高跟鞋。

黄冠亚马逊鹦鹉哈姆太郎搭着我的肩，开心地哼着歌，好像黄冠亚马逊鹦鹉多为容易驾驭的乐天派，很多都是喜欢表现自己。哈姆太郎也是，刚才开始就想吸引我的注意力，一直在哼着《水户黄门》[①]的主题曲。肯定是以前跟主人在一起的时候老是看那个节目。

只是，它完全不在意音准，唱得跟幽灵在说胡话一样，简直是世界上最阴沉的曲子。如果不仔细听，根本听不出是唱的"水户黄门"的曲子。

半年前左右，哈姆太郎因为主人生病被送到小鸟之家。刚开始跟它讲话也好，叫它也好，一概不理，也不愿出鸟笼。对它来说，除了笼子以外，没有让它觉得安全的地方。

我把剩到最后的哈姆太郎送到露台之后，就赶紧去看那只鸡尾鹦

[①] 水户黄门，日本江户时代的大名，水户藩第二代藩主。译者注。

鹉去了。

我昨天犹豫一下，还是把它的笼子放在了八重鹦的旁边了。虽说它们都在单独的笼子里，也有必要考虑下笼子摆放的位置。

因为它们和人一样，也有跟邻居投不投缘一说。它和八重鹦都喜欢安静，我想应该合得来。

我靠近它的笼子，悄悄地盯着里面。

上午扔进去的糖丸，几乎分毫未减。如果一直这样不进食的话，只能用玻璃吸管之类的工具，硬给它灌进去了。身量小的鸟儿，哪怕一天不吃东西，都性命攸关。

"你怎么了啊？不要怕哦，不吃就没精神啊。"

我缓缓地伸手想要摸摸它，它立刻竖起羽冠，后退好几步。这说明它感到惊恐。亚说得对，它害怕人的手。

据说这只鸡尾鹦鹉是被装在一个点心盒子里，牢牢地用胶带封住当成垃圾扔出来的。幸好住在附近的专科学校的学生发现里面微弱的声响。要是没被察觉，就会被当成厨房垃圾给处理了。大概，人的手曾给它带来相当恐怖的记忆吧。那时的恐惧，已经完全印在脑海里了。如果是这样，就只能耐心地慢慢让它再次适应人的手了。

它不吃糖球，我就拿来好几种点心。先试试鹦鹉们都喜欢的荞麦吧。

如果放在手上的话，它再怎么想吃，也会因为害怕而不敢靠近，所以我就试着放了几粒在瓶盖上。同为鸡尾鹦鹉的胖大似乎立刻就发现了。它平时总是停在天花板附近，唯有这时才下来。鸟儿们的确视力好，

目光真的很锐利。胖大一副若无其事的样子,盯着荞麦走了过来。我立刻大声提醒它:

"胖大,不可以!再长胖的话,我就带你到减肥房去了啊!"

它发福的样子和"胖大"这名字真是般配,但即便这样看起来胖大也还是个年轻的女孩子。它们俩都是鸡尾鹦鹉,但是一比较,体格差明显可见。

胖大胸口的骨头突起完全淹没在脂肪里。虽然是只鹦鹉,体重却有一百多克,叫它"百贯胖子"也无可厚非。与之相比,眼前的这只鹦鹉瘦骨嶙峋。虽然我没有亲手摸过,但是它的胸骨恐怕肯定是向前突出的。

趁着还没被胖大劫走,我把荞麦收了回来,接着,又给它放了向日葵籽。这是去年在小鸟之家第一次收割的。虽然现在还达不到供需平衡,但是我们想将来能够尽量实现鸟儿们食物的自给自足。

"很好吃哦。"

我也嚼了一颗给它看。胖大刚才就一直投过来热情的目光。但是,我不会给它的。过了一会,胖大大概意识到肯定是得不到了,于是呼呼啦啦地挥舞着翅膀,飞到一边去了。

然而,任我把向日葵籽吃得很香的样子,这只鸡尾鹦鹉都丝毫不关心。只是冷眼瞥了一下,似乎在说"这个人的嘴怎么一直在吧嗒吧嗒地响个不停呢"。

然后,我又拿出猕猴桃来给它换个口味。这是小鸟之家的志愿者在自己家里种的,今年夏天中元节的时候送来很多。我切成骰子大小,放在盖子上,可是,它依然不在意。

接下来,是核桃。大型村的鸟儿们都喜欢。它们都是自己主动敲开壳吃掉。但是,鸡尾鹦鹉很难做到。所以我先把壳给打开,从里面取出果肉,再把干净的果肉悄悄地放到瓶盖上。虽然它也盯着看了一会,但依然没兴趣吃。

"不要怕哦,这个非常好吃。"

说完,我拿起盖子上放着的一点核桃塞进自己嘴里。我也很喜欢吃核桃。只是,眼前的这只鸡尾鹦鹉毫无表情,一副事不关己、高高挂起的样子。

只剩下一种东西了。不过,几乎没有鸡尾鹦鹉会喜欢这种水果。然而,出乎我的意料,它有了反应。

我拿出香蕉的瞬间,它的眼睛确实闪耀着光芒。

"要吃吗?"

我盯着它的眼睛问,它很明显和刚才的样子不同。冠羽一次次地竖起来又放下,说明它在犹豫,在想要香蕉和恐惧情绪之间摇摆不定。

我赶紧剥了香蕉皮。这还是午饭的时候,亚分给大家的。据说是他住在冲绳的观鸟同伴特地寄来的。这种香蕉比较特别,要比常见的香蕉小很多。我打算晚点儿的时候当点心吃,就直接装进口袋里了。

我用手把香蕉从中间断开后捏成白色的香蕉块放在了盖子上。这个香蕉剥了皮之后,颜色跟有些忧郁的太白鹦鹉波君一样白。

"给你。"

求求你了，吃吧。

我拼命地向可能存在的鸟神祈祷，也祈求在天堂的柠檬帮帮我。

接下来，它真的就迈着小碎步走近，吃了起来。简单得像开玩笑一样。它狼吞虎咽地忘我地吃着。从上往下看，这只鹦鹉本身看起来就像香蕉。细细长长的、黄色的身体和香蕉相似。

"香蕉。"

我一喊，它就抬起头来，盯着我看。终于，它和我四目相对，嘴角还残留着香蕉屑。它正要低下头，我再次喊了一声：

"香蕉！"

它又抬起头来看着我。

我心里为之一震，兴奋地跳了起来。终于给这个没有名字的可怜鹦鹉取了个可爱的名字。它就叫——香蕉。朗朗上口，或者叫香妞也可以。不过还是叫香蕉和它更契合。说不定香蕉是个男孩呢。香妞有点儿太女孩子气了。

盖子上的香蕉差不多吃完了，我就用食指沾着最后一小块递了出去。香蕉一步一步，小心翼翼地缓缓靠近。最后，直接从我食指上吃了下去。

说实话，连我自己也没想到，仅仅一天时间，就能和它的距离缩短到这样。

"再见，香蕉。"

我把笼子关好,移动到固定位置。一回头,看到八重鹦正安静地看着我们。

那之后过了十天,香蕉终于直接吃我手上拿着的食儿了。

又过了两周,就算我手上没有吃的,它也会上手了。

我打开滑动式的门,一伸出手,香蕉嘴里喊着"嗨哟"的同时,就会灵活地移动一条腿,跳到我的手掌上。这就叫上手。据说,会上手的话,能找到收养人的概率就大大提高了。这是走向搭手的非常非常重要的第一步。

最近,香蕉进步显著。

当然它还是独居,不过,有时候笼子周围飞过来些野生的鸟,它也不再怕了。自己也能好好吃食儿了。

最重要的是,它记住了我。其他员工过来喊它,它会装作没听见,我一去,就会有明显不一样的反应:会迈着小碎步走向栅栏边上,头倾斜四十五度,眉目传情般地一直盯着我。这样一来,我就会异常喜悦,情不自禁地手舞足蹈起来。

这会儿,"香蕉"正在吃糖丸。这里面含有小鸟健康必需的均衡营养,能够弥补谷类食物的不足,补充氨基酸、维生素以及矿物质,所以在小鸟之家,会尽量以糖丸作为鸟儿们的主食。

因为鸡尾鹦鹉的饮食喜好比较保守,我之前还担心它不接受不习惯的食物,不过现在看来,"香蕉"虽然还只能吃些碎食儿,但是跟刚开始比,已经吃得很好了。这一点令我吃惊。

"小香——"

不知何时起，员工们开始这样喊香蕉了。

不过，上手虽然很容易就学会了，它却止步不前了。可以的话，我希望它至少能走到我肩膀上站着，可是香蕉站在手掌上，一步都不肯往前走。

所以，我决定尝试下一种办法。

香蕉在我右手上站着，我悄悄地，悄悄地，把左手靠过来——我两只手上都事先涂上了精油。关于小鸟嗅觉的知识，我了解得不多，只是涂了一滴能缓解紧张的精油。我双手似触非触地轻轻包裹住香蕉。

让它感觉到被一种特别的温暖空气悄然拥抱。

我试了下，香蕉没有逃走。闭上眼，集中精力为香蕉传递能量。一股柔和的、温暖的、像美丽的朝阳的能量。我的手心一点一点变暖。我真实地感觉到和香蕉不是用语言，而是在用别的东西，互相交流着。

没有对任何人说过，我想将来做鸟类专门的芳香疗法师。如果查一下的话，说不定世界上已经有这样的人了。但是据我所知，在日本，还没有人真正在做鸟类的芳香疗法。

我深深地呼吸了口气，缓缓睁开眼，只见香蕉正闭着眼睛，有些迷迷糊糊了。它的羽冠软软地垂下来，表明它此刻是安心的、放松的，内心是喜悦的。确认完这些之后，我用手指缓缓地抚摸它的全身。

"不怕哦，一点都不可怕哦。"

一回过神，发现自己在小声嘀咕。

它从脑袋到脖子，再到背部、尾巴，都和呼吸保持同样的频率。当我的手离开香蕉的尾巴的时候，我感觉得到藏在它体内的恐惧瞬间被带走了。于是我挥动着手，把残留的看不到的"毒"赶跑，接着用干净的手，从它的头开始又抚摸起来。

以前，一这样做，柠檬就很开心。当然，那个时候我自己也只是个小学生，芳香疗法这个词听都没听过，更不知道还有具有这种作用的精油存在，只是在无意识中做了类似的事情。

心情大好时，柠檬会仰面躺在我的手掌上，嘴半张着，真的是彻底地安心。这些，我原本都已经忘记了，可是刚刚的一幕，忽然就让我想起了柠檬。

只是，我手心里的，不是柠檬，是香蕉。

就这样摸着香蕉的身体，不知为何我也睡意朦胧了。滑滑的，很舒服。一看，香蕉在我手上也睡着了。据说鸟类的睡眠极其短暂，是以分计的，在这么短的时间里，香蕉说不定已经睡熟了。它嘴里嘟囔着什么，像是在说梦话，突然眼睛就睁开了。

"香蕉，心情好吗？"

听到我询问，它嘀咕了一声，我心里清楚地感受到了，它在说"谢谢"。就像香蕉第一次在我手上吃东西时候那样。我又一次欢呼雀跃起来。

我听到了香蕉说话。的确，我听到香蕉说话了。

当然，小鸟之家里并不全是高兴的事。或者说，高兴的事只是一小部分，绝大部分时候都是悲伤、痛苦、生气的事。所以就必须得大声笑笑、高兴高兴，什么都不要放在心上。之所以这么说，是因为这里是鸟类营救机构。小鸟们都不是自己想要来才来这里的。这里聚集了被抛弃、被漠视，或者不得已而放出来的绝望的鸟儿们。

听到香蕉说话的同时，小鸟之家最年长的八重鹦安详地停止了呼吸。对我来说，它是引导我来到小鸟之家的恩人。

与八重鹦第一次见面，是在上中学时的课外活动环节。当时是到小鸟救援队，就是现在的小鸟之家的前身，来体验一天。如果没有当时八重鹦对我说"欢迎你"，现在，我是不会在这里的。

八重鹦出生于战前，在动物园曾是受欢迎的偶像。它总是很幽默，逗大家笑，也很会说，能跟这里的员工们进行简单的对话。往它笼子里放食儿，它一定会说"谢谢"，一直很温柔，很聪明。八重鹦去世后，员工们都陷入了深深的悲伤，大家都穿上了丧服。

我正在野外鸟室给香蕉做上手训练的时候，发生了一件事。

一只鹦鹉从背后悄悄地靠近。

我当时的精力全在香蕉身上，完全没有注意到。

只听到"啊！"的一声女孩子般的尖叫，瞬间，受到惊吓的香蕉反射性地从我的手上飞跑了。我完全不知道到底发生了什么。可是，突然，我的裤子被拽下来了：因为我是蹲着的，腰带有点下滑。令我惊讶的是，我居然向前倒了。最要命的是，屁股已经从裤子里露出一半来了。

我努力忍住要叫喊的念头，站了起来。可是那家伙似乎不明白发生了什么，还是胡乱地往我两腿中间啄。我叉开腿，才终于救出这只黑头凯克鹦鹉。之后才把掉下来的裤子提好。

真是倒霉。这种黑头凯克鹦鹉大都有抓东西的癖好,刚才好像是抓住我的裤子了吧。

可是,要是被人看到我这副样子就太糟了。虽然只有我一个人在这里工作,不可能被别人看到,以防万一,我还是扭头看向身后。结果,这时,传来一阵优雅的笑声。

"呵呵呵呵呵。"

哎?怎么回事儿啊?明明没有人,怎么会有笑声?该不会是幽灵吧?

我脑子里一片混乱。这时,大笑声再次响起。

我迅速环视了一下周围,只看到一只黄色的鸡尾鹦鹉。原来,是香蕉在笑。

既吃惊又兴奋,我完全乱了方寸。

"呵呵呵,这完全是大妈一样的笑声嘛。香蕉,哎,香蕉,你这种笑,到底是在哪学的啊?谁教你的?"我炮轰似的接连发问,香蕉却置若罔闻。

"呵呵呵呵呵。"

它一笑,我也想笑了。

一笑出声,不知怎的,泪水就簌簌地下来了,我就这样又哭又笑。笑着,又继续哭着。突然,八重鹦去世的悲伤席卷而来。香蕉真的像是在安慰我。

"谢谢你。"

我双手擦着脸颊上的泪水，对香蕉道谢。香蕉"啪"的一下，飞到了我的肩上。之前，它虽然也会慢慢地移动到我肩膀，但还是第一次突然这样飞上来。总觉得有种被香蕉选中的自豪感。

"呵呵呵呵呵。"

香蕉笑着，我的心情也好了。

香蕉幸福，我也幸福。不仅仅是香蕉，只要小鸟们幸福，我也同样感到幸福。香蕉让我明白了这些重要的道理。

从这一天起，香蕉像是想起了什么似的，突然就开始适应人了。心情好的时候就开心地嘀嘀咕咕、头轻轻地摇晃着，有时候还会做出"万岁"的动作，"上手"也做得很好了。原来只站在我肩上，慢慢地跟其他员工熟悉起来后也会站到别人肩上去，并且不仅对人，对鸟儿也敞开心扉了。

香蕉，基本痊愈了。体重也增加到将近九十克，大便也很正常。之前即使把它放在野外鸟室的地面上，它也只是碎步快走而已，完全飞不了，逐步进行了几次飞行练习之后，已经能飞得很好了。现在它自己就能飞到房间最高的天花板上去了。

如果一直这么顺利的话，也许它就能离开小鸟之家，遇到新的家人，收获自己的第二次人生。对香蕉来说，这是最好的结果。

是的，我心里很清楚。

但是，说实话，一旦真的在大会上决定给香蕉报名参加这次相亲大会的时候，还是觉得很落寞。我想就这样一直和香蕉在一起。

小鸟之家会定期举办相亲大会。除了照顾小鸟之外，小鸟之家还有很多活动，如爱鸟讲座等，让人们了解与鸟类的正确相处方法。其中的相亲大会是我们着重推出的重大活动。小鸟之家的活动方针就是让人与鸟和睦相处、让这个世界更幸福。因此，我们会为那些由于一些原因被退回的、需要保护的、宠物店里卖剩下的小鸟再找新的主人。

希望这里不要成为鸟儿们最终的归宿，也希望它们不要再回到这里。为此，我必须怀着满腔的爱，为鸟儿们找到能让它们各自幸福生活的主人。

为了吸引尽可能多的爱鸟人来这里，活动当天除了相亲的主要活动以外，还要准备很多纪念品。特别是香蕉参加的这次，是今年最后一次相亲大会了，加上临近圣诞，所以决定用人人有奖的抽奖活动来活跃下气氛。

我决定做些鸟类相关的小物件，人手一份。我本来就喜欢做手工，自己也用羽毛做过装饰品，有次戴在身上被代表看到了，就拿了几个摆在店里卖了。

所以在大会举办前的几周时间里，我减少睡眠时间，埋头于这个临时工作。用毛线给小鸟做装饰球、用串珠做小鸟形状的钥匙链，虽然每一种都很简单，但是就因为数量多，不停地做，却怎么都做不完。所以我几乎一直在加夜班。中间好几次想要放弃，当时要是不应承下来这件事就好了，真是后悔。

但是最终我没有放弃。因为，这关系到香蕉的命运。不只香蕉，还有其他小鸟的将来。如果有人想要我做的装饰球啊钥匙链啊，我这些辛苦都不算什么。或许因此出现很好的养鸟人呢。

直到当天早上，我终于做完一百个赠品。总算勉勉强强赶上了。

不知道是因为抽奖的想法不错，还是因为越来越多的人关心小鸟之家的活动，或是在这种经济不景气的情况下，想要养狗呀猫呀小鸟的人多起来了，相亲大会盛况空前。是迄今为止，参与人数最多的一次。

首先，代表对大会主题和接下来的流程进行了说明，之后请客人看看候补的鸟儿们。香蕉也在其中。它笼子上的标签上写着："鸡尾鹦鹉、雄性、年龄不详"。其他还有琉璃金刚鹦鹉大助和花子夫妇的次子太白鹦，它生下来有一只脚没有脚趾，抓不住栖木但性格开朗，还有被评为绝世美女的绿鹦，还有能说会道的皇冠亚马逊鹦鹉哈姆太郎等十几只鸟儿参加。

真的都是很好的鸟儿。所以，我希望它们都能幸福。希望它们都能开心地度过今后的生活。

我在工作的间隙，去会场里转了一下，看了看情形，想知道是不是有人看上了香蕉。我希望有，可是心底的另一个我也希望没有。如果还没有新的养鸟人开始关注它的话，我就来认领。

但是，我常常一整天都不在公寓，养鸟的话，对鸟而言也不能说是幸福。所以，还是祈祷它能遇到好主人吧。

在场的人中，有人在认真地逐一观察着鸟笼，和里面的小鸟一直互相盯着。但是这里并不是人选鸟，而是鸟选人。如果不是双方都有意愿的话，是绝不会把小鸟交付出去的。无论候选养鸟人多么热情，若是看不出那只鸟有同样的意愿，是绝对不会给的。

大会进行过程中，我坐立不安。

虽然乍一看吸引人们眼球的是体形大的鸟，但真到了一起生活在家里的时候，就不是这样了。像鹦鹉啊灰鹦鹉啊声音确实大了点儿，叫声几乎和人在紧急时刻拼尽全力喊"救命"差不多大。就算再怎么喜欢，一起玩几个小时跟一整天都生活在一起，还是不一样的。并且，体形大的鸟长寿。不知道是不是养鸟人的技术进步的原因，活到五六十岁的鸟也不少。

所以，有人即便想要养，并且也在家里进行了短期体验，结果送回来的这种情况也还是有的。不管性格多好，多能言善道的鹦鹉，能真正从小鸟之家离开的，只不过是很少的一部分。

与之相比，虎皮鹦鹉等体形小的鸟虽然不怎么引人注目，结果被收养的却不少，因为这种类型的鸟儿刚开始就很好养，也有很多人是家里已经有同种类的鹦鹉了，想要凑成对的。

香蕉会怎样呢？倒不是我偏爱，香蕉在鸡尾鹦鹉中，也算得上五官立体、相貌可爱。腮红大小合适，颜色浓淡恰好，头型也是圆圆的，眼睛滴溜溜地转。羽冠也很漂亮，整体比例也无可挑剔。总之，大概可以称得上是鹦鹉界的超级偶像吧。

它的身体整体是淡黄色，从远处看起来，就像是沐浴在阳光里一样。

以前有点儿怕人，但是现在已经适应了。

许是处于发情期，香蕉有时候有点叛逆，但是很少用力咬人，也基本没有啼叫。性格非常温顺，从未攻击过其他鸟。

我想，香蕉以前一定是在一个慈爱的主人身边养大的吧。否则，脱离了笼子到外面世界来的小鸟，不可能有这么温柔的性格。总而言之，和香蕉在一起，就会沉浸在幸福的感觉中。只要香蕉往肩上一站，我心里所有的愤怒、悲伤，都像是被纱布"唰"的一下吸走了一样。似乎不止我一个人有这种感觉。香蕉对其他的员工们也很友好。只要有香蕉在的地方，空气就会柔和下来，充满着喜悦。

最终，有两个人申请领养香蕉。一般能有一个就算很成功了，有两个人申请，真是大获全胜。对此，我只是单纯的开心。这是香蕉努力不懈练习得到的回报。

想要领养香蕉的其中一个人，是个四十多岁的家庭主妇。在申请理由一栏里，写的是：家里养有一只雌鸡尾鹦鹉，想要领养香蕉给它做伴。据说她的孩子们很期待在家里看到小鸟孕育的过程。不过，当天她就打来电话说不领养了。我当时在外间收拾东西没有在办公室，是其他员工接的。好像说突然要搬家。不知道是真是假，总之幸好还没领回去。

另一位，是个中年男子。看年龄，是跟我父亲差不多同一个年代的。但是，跟我父亲比，看上去要显得年轻得多。虽然只是从背后看到他，但是印象很深。他当时弯着腰一动不动地一直在香蕉的笼子前看着。

理由写的是和妻子分居，想要排遣单身的寂寞。不知道是否是实情，他家里好像还有个女儿。其他的就没有详细写了。当然要真想了解的话，就得直接见面，问问他详细内容。面试除了代表和亚，我作为香蕉的负责人也在座。

后天就要对领养香蕉的候选人进行面试了，在那之前，要让它去体验下。所谓的体验，就像是试用期。很多时候，就算是一见钟情觉得可爱，如果不试着一起生活的话，还是不知道合不合适。

就像结婚前，会先看看这个人是不是真的适合自己。鸟和人也是一样的。有的鸟到了新家会激烈啼叫，还有的鸟有咬东西的嗜好。如果不是能连同鸟儿的缺点一并接受的人的话，我们无法安心交给他。

香蕉去体验的时候，正好是新年。年末年初的小鸟之家，总是很安静。

八重鹦也不在了。我还想着什么时候收拾下它以前的笼子，结果发现已经成了最近才来的所罗门鹦鹉[①]的新家了。性别、年龄，我都不知道。从某种意义上来说，像八重鹦这样有生日的鸟，大概是很幸福的。

这只鹦鹉，由于受到虐待，左边的翅膀已经完全变形了。送到宠物医院的时候都快要死了。之后，又被转送到小鸟之家。一般情况下，细菌通过伤口进到小鸟身体里的话，很快小鸟就要没命了，然而它却奇迹般地很快恢复了。亚每天都在努力地对它进行康复训练，想让它用断了的翅膀飞起来。如果断翅飞行成功的话，这将成为世界上的第一个壮举。

---

① 又名杜可波氏葵花鹦鹉。

所以，我无暇伤心。还有很多鸟儿需要我。这里有堆积如山的事在等着我去做。我不能沉浸在感伤里。虽说如此，我还是会下意识地寻找香蕉的身影。虽然心里清楚它已经不在这儿，可是不知怎的，眼睛总是寻找着它。

过了体验期，香蕉没有回到小鸟之家，就这样被那个男子收留，成了他家的鹦鹉了。小型和中型鹦鹉，也有这样从体验期就直接领养的先例。因为长距离挪动会给鹦鹉带来负担，当住家比较远的时候，就会省去再送回到小鸟之家的步骤。这样的话，我们会打个电话询问下详细状况。

到了新年，很快就收到了男子寄来的明信片。男子身旁站着他的女儿。

看上去是快要上小学的聪明伶俐的女孩子。女孩的肩上，站着香蕉。明信片上写着"想见香蕉的话，随时欢迎您来"。能看出是这个女孩子写的字。一看地址，恰好是我出生的那个省。

香蕉，你要幸福哦。可不能再回到这里了。

你要和新的主人一起幸福生活一辈子啊。要和他关系融洽，让他喜欢上你。

可不要忘了我哦。不过，如果你过得幸福的话，忘了也无所谓。

我悄悄地把明信片紧紧抱在胸前。然后，双手轻轻地蒙在明信片上，就像曾经捧着香蕉那样。

不要怕，不要怕哦。

心里反复说着曾经一次又一次对香蕉说的话。

它幸福,我也幸福。我幸福,它也幸福。

※※※※

"哎,这是怎么回事啊?"

店门口挂着个从未见过的鸟笼,像是被风吹雨打几十年了似的,栅栏到处锈迹斑斑。门关不严实,就用短铁丝暂时系着,但还是有一指左右的缝隙在那儿。

笼子里,是只黄色的鸡尾鹦鹉。或许是因为在昏暗的灯光下,感觉它眼神忧郁地看着对面的霓虹灯。

"是朋友拜托我照顾的,无限期。"

我刚一在服务台边的位置坐下,女掌柜就一边递过来湿毛巾,一边有点儿抱怨地跟我说。毛巾依旧是热的。把眼镜拿掉后,我就直接用它擦了把脸,顺便也仔细擦了下脖子后面,整个人心情都好了。终于舒服了,整个人仿佛从心里深深地舒了口气。

女掌柜已经拧开阀门,开始倒啤酒了。这家店除了啤酒,其他菜单一概没有。一杯啤酒四百日元,很是好喝。

下酒菜随便拿,但大家都不会只自己一个人吃,肯定是和其他客人或者女掌柜一起分吃,这已经是不成文的规定了。只是今晚却什么都没有。

女掌柜平时总是跟大家开玩笑,只在倒啤酒的时候闭口不说话。她会用认真的眼神确认气泡的状况,微微调整杯子的角度。中间停一下,用勺子把气泡捞出来扔到水槽里,再拧开阀门,这时酒上面就会浮着些肌理纤细的小气泡。

"好了。给您。刚打开的,肯定好喝。"

女掌柜往茶盘上放着玻璃杯,用嘶哑的声音说道。眼前的啤酒泛着金黄色的光芒,上面浮着满满的白色泡泡。

"我喝啦。"

我调整了下姿势,小心地端起玻璃杯,以防酒洒下来。

女掌柜立马就拿出烟和打火机。她拿着的是精华牌打火机。立刻就响起了打火机点火的声音,接着,飘来一缕紫烟。我去世的父亲和女掌柜抽同一个牌子的烟,所以,闻着女掌柜抽的二手烟,我总是会忆起已经去世了的父亲的样子。父亲是个烟鬼,所以我特别讨厌抽烟,但这里女掌柜说了算,我只得默默地喝着啤酒。

"斋藤君,今晚月亮很圆哦。"

女掌柜小声说,声音又细又嘶哑。她居然这么随意地对着一个年近四十的成年人用"君[①]"字。

她大概正在仰望门前大路上方的天空。听了她的话,我吞下了第二口啤酒。就算再怎么口渴,我也从没有尝试过咕咚咕咚一口气喝下去。父亲平时性格温和,一喝酒就很粗暴,用拳头揍母亲或者我。所以我一直都以他为反面教材,喝酒的时候总是很克制。

[①] 君在日语中作称呼时,一般用于比较亲密的同性、同辈之间,或者年长者称呼年轻人。

结果，父亲因为喝酒跟小混混们纠缠起来，被一顿毒打，后脑勺着地，就没命了。那是我上高三那年冬天的事儿了。

"的确，今晚是中秋明月吧。"

我突然想起，昨天老婆在家教女儿做团子。女掌柜已经开始点第二支烟了。

以前，有个熟客把女掌柜倒的啤酒泡比作是初吻。据说是住这附近的一个本地的老人说的。说是喝到它就会想起第一次和女孩子接吻时候，那个女孩柔软的嘴唇。老人似乎是微醺时分说的这话。突然就闪现在我脑海里。我也要想起那个时候的情景了。

"哎，你笑什么呢。"

女掌柜抽完了烟，一边把烟头使劲儿往空罐子里摁了，回到服务台。

"没什么，不知怎的，突然想起初恋对象了。"

我很意外，就这样轻松地开始了这个话题。

"女朋友什么样呢？"

女掌柜说着，从冰箱里取出块儿干奶酪，放在纸盘上给了我。我小时候，就只有这一种奶酪。真是非常怀念，所以我不由自主就剥开了银色的包装纸。

"是社团里的后辈。"

我嘴里含住一小块，开始嚼起来。

"斋藤君老家是哪儿的来着？"

"福冈农村的。"

奶酪一直下不去，我喝了口啤酒硬是把它冲下去了。

"是嘛，难怪每次过年回老家，都会给我们带鳕鱼子呢，那个啊，我女儿特别喜欢呐。"

女掌柜一个人照顾着女儿。丈夫好像很早就故去了。

"掌柜的还记得你的初恋吗？"

还真是很少跟女掌柜面对面聊这个话题。平时总是希望其他的熟客们赶紧来，今天却相反，我想要跟女掌柜两个人继续这个淡淡的关于初恋的话题。

"记住又怎样呢，我跟他结婚了。"

女掌柜看着天花板说着。如今，店里一角还摆着她亡夫的照片。单看眼睛就知道是个帅气的人。据说两人是这一带出了名的郎才女貌。

"可惜只给我留下了个孩子，自己早早地死了。"

女掌柜笑着小声嘟囔着。

虽然我不知道女掌柜的确切年龄，但她大概也经历了不少坎坷吧。

我心里怀念着加奈子，用手指沾了沾挂在玻璃杯上的水滴，突然就听到女掌柜喊我的名字。一抬头，瞬间和她目光相接。

"如果能跟第二个喜欢的人在一起的话，是最好的。这样两人就能长长久久了。"

女掌柜平静地说了句这样意味深长的话，就又要出去抽烟了。第二个喜欢的人啊。如果真是这样的话，我的老婆，作为伴侣确实无可挑剔。我们就是人们所说的奉子成婚。

即便是这样的我，也曾疯狂地爱过一个人，只有过那么一次。

加奈子是我网球部的后辈。第一眼一看到她，我就无法自拔。于是疯狂地追她。除了加奈子，我眼里就没有其他女性存在了。两人在一起后，我自己本来也是打算严格避孕的。

知道加奈子怀孕，恰好跟现在一样，是入秋时分。她已经怀孕三个多月了。我当时真打算退学，工作养活老婆和孩子的。我想看到我和加奈子的孩子出生。但是，大人们，包括作为当事人的加奈子，都不希望我这么做。

加奈子在她母亲的陪同下，去妇产科做了人流手术。之后，搬家去了很远的城市。从那以后，她就音讯全无。希望加奈子能每天开心地生活。可能的话，找个人结婚，像我一样有个孩子的话就好了。虽然我也知道这种想法很自私。如果那时候我们做出了别的选择的话，那现在我和加奈子的孩子，都快二十岁了。

结果，我又添了一杯，连饮了两杯。我老婆完全不能理解这家店的好处所在。一再告诉她店名，她还是只会说"那家破破烂烂的啤酒馆"。确实，我刚开始也弄不清这里到底是不是一家店。即便如此，对我来说，这里别有洞天。

结账，付了一千日元，女掌柜找回我两百之外又送给我一些干奶酪当礼物。

我没有带老婆来过这家店，女掌柜似乎在哪里看到过我们一家三口星期天一起散步。我不觉得我那讲究吃喝的老婆和女儿会喜欢吃，总之先道谢出了店。曾经那么热的夜晚，居然也凉起来了。

我又瞄了一眼笼子。总觉得像是被某种东西吸引住似的。可能是因为鸡尾鹦鹉忧郁的眼神中某些地方和加奈子的眼神很像。只是，就算能回忆起加奈子的样子，也已经记不全了。

"哎？"

一瞬间，我觉得自己像是被狐狸给迷住了一样。大概是喝了两杯啤酒，人完全醉了吧。我擦了擦眼睛，又看了一眼笼子里面。但是，依旧空空如也。

"掌柜的！"

我急忙喊着奔进店里。女掌柜正在服务台跟前的水槽边洗玻璃杯。水正哗哗地流着。

"怎么了斋藤君，这么大声音？"

女掌柜关上水龙头，回过头来惊讶地看着我。

"明明刚才鸟还在的……"

我是做梦了吗……还是，这个场景本身，就是梦呢？

我用手拍了拍自己的脸颊，又轻轻地拧了几下。

女掌柜用围裙擦着手，也走了过来。她探出身子看到笼子里的瞬间："哎？"嘴巴张着定在那里。

"原来绝对在的吧，那只鸡尾鹦鹉。"

"是的，肯定在这里的啊。我还给它喂食儿呢。"

接着，女掌柜用指尖戳开了锈迹斑斑的鸟笼子的门，手指接触到的瞬间，铁丝就掉下来了，门一下子脱落了。鸟笼立刻变成了毫无防备的状态。

"好像是自己想走，就飞出去了。"

"只能这么想了。"

我们两人抬头望向天空。漂亮的满月已经挂在天上，它像在优雅地舞动着，要独占这夜空一样。路对面，以前是烟花巷。月光照在那里，格外美。

"别人寄放这里的，没关系吗？"

我担心地看着女掌柜。

"谁知道呢。"

女掌柜叹了口气含糊地回答，又从盒子里抽出了一支烟。鸟笼里，凌乱的食物上，落了一根漂亮的羽毛。

"这个，我能拿走吗？"

我把手伸进鸟笼，用两根指头捏起羽毛。很久以前，女儿就央求我给它找了。但是，在城市里，除了乌鸦和斑鸠以外，很难找到有漂亮的鸟的羽毛。

"拿走吧。"

女掌柜眯着眼，陶醉地吐着烟圈回答道。

我那上幼儿园的女儿，正热衷于手工制作。经常用糖纸呀树叶呀制作艺术品。不怕您见笑，别的不敢说，我女儿将来也许会成为毕加索呢。

"斋藤君，我们再来喝一杯，纪念下小鸟出发旅行怎么样？"

女掌柜一诱惑,我越发依依不舍了。

但我还是大声说:"我这就得回家了。"

我像是宣告什么一样抬高了声音。

"回家之后在阳台上赏月。"

现在就回家的话,女儿应该还没睡。

"好的。那我今晚也早点关门吧。看样子也不会来人了。记不清是多少周年来着了,我们的结婚纪念日。刚才跟你聊初恋,就想起来了。"

"恭喜您。"

"可是连个陪的人都没了。"

"纪念日不就是单纯的纪念日嘛。"

大概是回忆起什么了吧,女掌柜搪塞着擦了擦眼角。最近,女掌柜明显哭得多了。

"我还会来的。"

"谢谢。记得来啊。晚安。"

背后,传来了女掌柜劲头十足的声音。

我整个人都舒舒服服地沉浸在啤酒带来的微醺的感觉中。等红灯的时候,我抬头看了看月亮。手伸进口袋,手指沿着刚才女掌柜送的干奶酪一角摸索。我一直在寻找的羽毛,正静静地躺在旁边的间隙里。

※※※※

我在公园的椅子上坐下的瞬间,背后突然"呼"的一下吹来一阵大风,有人用手轻轻地抓住了我的肩膀。那一刻,我整个人温暖起来。

之后，听到有人问："没事儿吧？"

我觉得自己已经死了。心想着，这里，也许是天堂吧。一边仰望着天空，一边忖度着天堂跟地球上的景色还真是相似啊。眼前，高大的树木耸立着。好像是榉树？还是樟树？空中，一条好像毛笔画出来的飞机云一点点蔓延开，眼看着就要消散了。

"没事儿吧？"

又一次听到这个声音，我扭头看了看自己肩膀上。

这就是我和末广的邂逅。是我们俩之间所有的开始。不过，没想到它竟然是只真正的鸟。

我是刚刚被告知生命已为时不多，从医院回来的路上，遇见末广的。心里很难受的我，想着在这个小小的儿童公园里坐在椅子上休息一会吧。

就这样任末广站在肩头，我站了起来。不可思议的是，我立刻有了精神。如果它中途飞走的话也无所谓了，一切都由末广自己决定。我心里默默地这么想。

所以，我既没有把它藏到外套里，也没有用手捂住它的翅膀，更没有用披肩把它包住。不过，它却没有逃跑。我就这样，走向公交道。我不习惯外出，出来到现在体力已经消耗尽了，所以我决定不坐电车了，打车回家。

大概因为我肩膀上站着只鸟挥手招停，司机有点惊讶，却一言不发地给我打开车门，接着开动了。在车里坐着的时候，关于我肩膀上的小鸟也一个字都没问。明明肯定是注意到了的。

末广在车里也一动不动地待在我肩上。我感觉自己就像是得了个漂亮的勋章一样。

心里有种很奇妙的感觉。实际上是刚刚遇到的小鸟，却觉得好像是一起生活了几十年、一直在寻找的伴侣一样。这种感觉，从未有过。就连末广这个名字，都像是未经思索就已经存在了一样。仿佛一个写着"末广"字样的名牌直接从头上掉下来出现在我眼前的一样。

没有片刻犹豫。

并且，在此之前，我从未养过鸟。然而，肩上停留着一只小鸟的这种感觉，我好像记得。我自己也不知道这是为什么。只是觉得一切都是必然的。所以，我就像是在演一个情景剧。一动不动，找到了我久违的当女演员时候的感觉。

所有的事，都顺其自然吧。我的余生如此，和鸟的邂逅也如此。

不知为何，感觉自己置身于轻盈的空气中。在此之前，身体沉重，如拖着个轮胎前行一样。怎么说呢，就好像细胞与细胞之间钻进了很多小气泡，整个身体变成了蛋奶酥一样。我的人生，就要这样谢幕了。

在家门口下了出租车，阿风就飞奔过来。

我唯一担心的就是阿风跟末广合不来。说不定末广看到阿风的瞬间就会飞跑。对此，我也做好了心理准备。因为，在出租车上，末广已经让我充分享受到了幸福时光。

"啊呀！"

果不其然，阿风一看到我肩膀上停着的末广，就不停地眨眼，手摸着围裙，呆呆地站在原地不动了。

"我回来啦。"

我尽量用和平时一样的语气。

走到大门跟前，阿风也迈着小碎步追了上来。大约三十年前，我自己买了这块地，咨询了专业人士的意见，自己设计建成了这个画室。从大路到门口有一段缓坡，有点儿距离。

今天，医院的副院长说有重要的事情跟我谈，这件事我也告诉了阿风。刚开始，阿风说要陪着我去，但我怎么都不同意，央她在家看家。就算跟我再亲密，我也不想让她卷入这种残酷的事情当中。我们彼此都不踏入对方的领地，这是我底线。

"美步子老——师。"

进到家里，阿风再次开口。我家在大门口不用脱鞋，对我来说，这样生活着很舒适。阿风怎么都理解不了，但是因为这是我的房子，规矩由我来定。所以她总是用鞋底使劲儿地"吱吱"蹭着放在门口的椰棕垫，像是无声抗议。

阿风喊我的时候，总是像唱歌一样带着节奏。我跟她说不要喊我老师，可是她不听。反正说来说去也很麻烦，如今，我就由着她叫了。不过，阿风发"老——师"的音的时候，总是跟发"南部煎饼——""烤米棒——"这类词一样，声音很轻[①]。与其他人喊"老师"时候的凝重

---

① 日语的这两个词发音结尾口型都是开口的，因此声音偏轻。

感不一样。

"什么事儿啊?"

走到客厅,我才慢慢地回过头来看她。

"嗯——"

阿风欲言又止地看着我。

这种表情,跟以前一模一样。我们现在都是老太婆了,但我和阿风是从小就认识的。从她比现在更苗条、还是个爱哭鬼的时候我们就认识。

阿风似乎在犹豫先问我医院的检查结果呢还是我肩上的小鸟的事情呢。我就先发制人——麻烦的事,还是稍后再说。如果可以,我希望是在我死了之后。

"哎,我来沏茶吧。我现在就去沏好喝的奶茶。看,我还买了你喜欢的泡芙。阿风你帮我把泡芙摆在盘子里吧!"

我拿出深蓝色的漂亮纸袋,递给了阿风。阿风不光菜做得好,家务什么的全都做得很好,我唯有奶茶比她沏得好喝。这是二十多岁的时候认识的印度舞蹈老师教给我的一种茶叶的做法,据说在印度这个就叫茶,一天要喝好几杯。

我从架子上取下装香料的铁皮罐子。差点儿忘了末广还在肩膀上。

我和阿风是从小一起长大的。听阿风说,好像我父亲的大婶和她母亲的祖母是表亲的关系。我理不清这种稍有难度的关系,被人问及,总是回答说是远亲。我俩年纪相仿,从小我和阿风就很投缘。两个人走在一起，经常被误认为是姐妹。

"阿风，茶好啦。"

我大声喊。接着就听到阿风在远处回应我，好像是在晾晒衣服。等了一会儿，阿风就从院子里摘了花回来了。

"桌子上一枝花都没有了呢。"

也许是急急忙忙回来的，她有点气喘吁吁，肩膀一起一伏的。因为早上要去医院，我迷迷糊糊地忘了装饰上花了。

我不喜欢摆在花店里那种夸张的花。那些花都没有自然的香味，只有金钱的气息。

阿风把手里的花插到花瓶里，就立马从盒子里取出泡芙。说是花瓶，其实是以前在欧洲一个小国家的时候用的牛奶瓶，我家里的东西很多都不是贵重的，但都是钱买不来的。

"啊，看起来好好吃！"

阿风就像是看着昂贵的宝石一样盯着泡芙。

"正好是下午茶时间呢。"

我看了下院子里的日晷，马上就三点了。家里除了这个日晷以外，没有其他钟表，所以，遇到多云、下雨天，即便是白天也不知道时间。从太阳下山开始，直到太阳再次升起，对我来说，都只存在一个时间，就是"黑夜"。

阿风把茶杯和泡芙都摆在盘子里，拿到了桌上。她年轻的时候就嫁到了秋田的酿酒人家。在那之前，她一步都没离开过江户。即便是在战争时期，也没有离开过。

"啊，好吃。果然，这家的泡芙是一等奖啊。"

阿风用手遮着嘴，一边嚼着一边笑着说。

吃甜品的时候，她看起来最幸福。一等奖，是她的口头禅。不过她自己没察觉。

"外皮脆脆的，里面是填得满满的奶油。像这么实在的泡芙，少有了。满心期待地咬上一口，全是软乎乎的。"

阿风非常喜欢这家店的泡芙。

"奶茶怎么样？"

我已经等不及了，催促道。虽然成熟的人都不会主动要求别人赞赏，但奶茶另当别论。别人夸我的画我都不是那么兴奋，一夸我做的奶茶，我就会欢天喜地。

"美步子老师的奶茶，一直都是一等奖。"

阿风这样说着，就像打瞌睡时那样向前猛点头。果然，还是没有注意到自己的口头禅。

"要是甜度不够的话，就自己加蜂蜜啊。"

蜂蜜是去年夏天在我家院子里采集的。如今我已经没有养蜜蜂了。因为身体状况恶化，我自己没办法照料它们，就托人转给了养蜂的业余爱好者。所以，家里的这瓶吃完，我就没有自制的蜂蜜了。

"美步子老——师。"

阿风又喊了我一声。我真的不知道该跟她说到什么程度。但是，如果我不在了，能托付料理后事的，也只有阿风一人而已，也不能让她什么都不知道吧。说是这么说，要是全都告诉她，怕她自己先会受不了。

这时，末广突然唱起歌来。不知道唱的是什么曲子，但是的确是在唱。

"不错，不错。"

阿风开心地拍着手。

"你叫什么名字啊？"

阿风走近来问末广。

"叫末广。"

我替它回答。

"末广。"

感觉阿风的表情瞬间变了。或许，她察觉到了。但是，关于这个名字，我还什么都没说呢。

"这么一说，我想起小时候从庙会回来拿了一只小鸡，在家里养过呢。"

阿风往茶杯里添着奶茶，像是想起来什么似的说。

"你吗？"

"说什么呐，是美步你。"

"哎？我吗？"

说到小时候的我，阿风就没称呼"老师"，而是说"美步"。

"真的吗？你说的难道不是阿风你自己吗？"

我完全不记得了。

"过节的时候，我们大家一起去玩儿，在那儿，你发现了只小鸡，非要把它带回家不可。"

"嗯。"

"因为我知道在庙会上卖的小鸡都是身体很弱，很快就会死掉的。总之很难养活的。"

"是吗？"

"是的。"

"那，那只小鸡，很快就死了吗？"

我说道。

"我说美步子老师，你真的什么都不记得了啊。"

阿风好像很吃惊，咧着嘴笑弯了腰。

"结果，怎么样了啊？"

我一点都记不得是几岁时候的事儿了。

"那只小鸡啊，长大了哦。在你的精心照料下。你选的那只小鸡看起来尤其体弱，我心里还想着绝对很快就死了。但是，它居然就从一只小鸡崽长到了成鸡。"

"是吗……我家那么小，能养得下鸡吗？"

"就是嘛。不过，有一天……"

阿风说到这里，停住了。

"但是有一天怎么了？"

我好想快点知道。

"不见了。"

阿风绝望地说。

"就是说,逃跑了?还是被小偷偷走了?"

那个时代确实有这种事。

"不是的。"

阿风狠狠地摇头否定。

"那,怎么了?消失到哪里去了?"

我一追问,阿风接着说:

"有一天,你赤着脚跑到我家来,哇哇大哭。我妈妈问你怎么了,你就只是哭,什么也不说。第二天我们才知道,好像是爷爷趁你上学的时候,把鸡杀死,晚饭的时候做火锅吃掉了。"

"真的吗?我一点都记不得了啊。你说的这不是别人的事儿吧。"

我怎么都无法理解,一直盯着阿风看。真的是无法相信。

"绝对是美步你,不会错的。当时你手里就握着鸡爪跑过来的,就跟接力赛的时候握着接力棒一样。"

这么印象深刻的事情,竟然完全从我的记忆里消失了。

"肯定是太伤心了,也许就从记忆里抹掉了吧。"

阿风淡淡地说。接着,把茶杯里剩下的最后一口奶茶含在了嘴里。

如果我死了,阿风会哭的吧?会伤心吧?

她肯定是颤抖着肩膀呜咽着。但是,悲伤的泪水流完,也许也会像那时的我一样，都能够忘却吧。

"趁天还亮着，我去买点儿鸟食儿。"

阿风把用过的食器放回到盘子里，站了起来。似乎，什么都不用说，阿风就能明了我和末广相遇的必然。

我要尽量不给阿风添麻烦地离开，我要带着我的优美、我的骄傲离开。

每周一，阿风都会特地从枥木赶过来。

年轻的时候，我们曾一起尽情地到处玩。虽然现在想起来都觉得羞愧极了，但是十九岁的时候，我曾经当过一段时间的模特。机缘巧合下，在电影里演了个配角。那时，阿风就当我的随从和我一起到现场。意想不到的是，接下来又给朋友写的童话画插画。

我自己不是很懂，但是那次的插画却得到了很好的评价。

于是，我作为插画家初次亮相了。这样不用跟人打交道就可以工作了，很有意思，所以就自然而然不再当女演员了。后来，我终于用自己的名字出了绘本。

本来，我就不适合从事在人前露面的工作。这样一来，阿风就从我的随从，变成了我的助手。

十几岁的时候，我们周围有很多小说家啊、剧作家啊、画家啊、演员啊，虽然大家都很青涩，但都充满活力，都是有趣、崇尚自由的人。从那时起，我不断接触到更广阔的世界。

所有人中，最受欢迎的人是阿凤。比起又是模特又是女演员的我，她一直都很有人气。她也会有一见钟情的时候。我还以为她一辈子都会沉浸于恋爱里呢，结果有一天，她就突然宣布要离开我们的世界，去结婚了。

我们无法相信在江户出生、成长的她，能离开这里去东北农村。周围的女友们还说她一定会哭着回来的。但是，出乎所有人的预测，阿凤嫁给了有着悠久历史的秋田酿酒厂的长子。她生了三男一女，一边照顾孩子一边还要操持家业，完全成为了"酒厂老板娘"。那些年，我们几乎都是靠明信片来往。

阿凤看起来一帆风顺的生活却发生了不测，有一天，她的丈夫意外卷入一场事故去世了。

我赶去参加葬礼的时候，阿凤消瘦得不成人形了。我能做的，只是紧紧地搂着她的肩膀。

如今，阿凤把秋田的酿酒厂交给长子和次子打理，自己跟着在公司里打工的三儿子一家在栃木生活。大约十年前，我摔倒导致腿部骨折的时候，恳求她过来帮忙。但是，我这个人，不论男女，都没办法跟人一起长时间住在一起。就算已经彼此熟悉、相互依靠，也是不行。无论多么亲密的人，无论我状况有多糟糕，我都想自己站起来，自己一个人生活。我就是这样的性格。

从那时起，阿凤就每周一次来回跑，照顾我的生活。虽然我也有过工作应接不暇的时期，但是现在，除了自己画画儿以外，我不再接其他工作。阿风虽说是助手，几乎没有做跟画相关的事情。即便如此，阿风还是很高兴地每周来帮我整理家务。

第二天，我出了院子，去砍广玉兰树枝。有人说我太苗条了啊身体弱啊什么的，其实大错特错。我呢，需要的话，连木工的活儿都能干的，锯子也用得惯。女性一个人生活就是这样，就算打不开瓶盖，也无论如何只能自己打开，别无选择。

我一次都没结过婚。所以，和最后的阿风一样，没有人生伴侣。

末广一直透过窗户看我砍树枝。为什么我们会这么投缘呢？为什么会这么心有灵犀呢？我感到不解。我将不久于人世。这是很厉害的医生说的，大概错不了吧。

即使这样，我还是想跟末广在一起生活。想和它一起久一点，再久一点。

那时，当末广立在肩头，我从公园的长椅上站起来的时候，就是这么想的。所以，这是我最后一次任性。末广，必须请你原谅，我将先于你离开这个世界。

我用锉刀轻轻地锉了锉树枝的切口，把其中一根装饰在卧室的天花板上，另一根放在客厅的一角。这样一点一点动手，就能用自己的双手把家修缮好。

阿风讲的鸡的事暂不提，回想起来，到了这把年纪，我还是第一次养小动物。我从不曾养过狗啊猫啊的。这个房子刚建好的时候，曾经有只猫在院子的角落里产子。虽说当时曾借给野猫一家一块地方生活，可是不知道什么时候猫就不见了。我确实也养过蜜蜂。但是，这跟一起生活还是不一样。也一次都没有和男性一起生活过。虽然也有几个好奇的人跟我求婚，可是我却无论如何都迈不出那一步。

一周过去，阿风又从枥木过来了。我告诉过她不用特意带那么重的东西过来，可她还是每次都从住处附近的无人贩卖处买很多蔬菜，用手推车推过来。

"这比东京的蔬菜便宜、好吃得多呀。"

阿风就好像是把枥木的新鲜空气也一起带来了似的。她一进家，我总觉得连空气都变得通透了。阿风真的豁达开朗，和她说话就如春风拂面。春风缓缓地吹过之处，总是让人悠然自得。而我不一样，我性子急躁。

"美步子老——师，怎么样啊？"

阿风一边取出车里最后一个大南瓜，一边仰头看着我。

"什么怎么样？"

"就是，你和末广两个一起生活得怎么样啊？"

"啊，这个啊……"

简直无法相信，我和它才仅仅共同生活了一周时间。

"很幸福啊。"

我说着，莫名地羞涩起来。

突然间我就看到，厨房的白色瓷砖上，蔬菜和水果都在泛着光芒。

久违地，想要握起画笔。

"要比和麻烦的男人一起生活开心得多。"

我刚说完，末广站在客厅里的栖木上，大声地"呲——"地叫了下。就好像是能理解人的话似的。

阿风迅速地把家里打扫好，就出去买东西，给我做一星期吃的菜。我说我能做，拒绝过好几次，可是她总是说我一个人生活，营养会不全面什么的，一定要给我做些只需加热下就能吃的菜。家务我完全帮不上忙。

午饭阿风给做的是蔬菜荞麦面。我一说这是阿风婆家秋田酿酒厂的秘制乡村荞麦面，她就通红着脸，说不过是味道一般的荞麦面，太夸张了。面里面放了满满的牛蒡和香菇，鸡肉完美地融合了海带汤的鲜香，而且今天，甚至放了新鲜的天然灰树花菌，味道真是妙不可言。

我出身江户，所以很爱吃荞麦面。一直自负东京的荞麦面是日本第一、世界第一美味，但是，自从吃了阿风做的乡村荞麦面，就不由得想做荞麦面还真是深奥啊。

阿风发现传真，是在我们吃完荞麦面之后。

"美步子老——师，美步子老——师！"

阿风跑进客厅，神色都变了。房间里还飘荡着浓郁的酱汤的香味。一开窗的话香味就会散掉，所以我就没有打开。

我从厨房一角的桌子跟前，转移到光照充足的客厅沙发，正看着报纸。最近，总感觉视力恶化看不清字了。早上光线不充足，于是我就在这个时间浏览下报纸。

"怎么啦,慌成这样?"

我把老花镜架在鼻梁上,抬头看着阿风。末广像是在等着我吃完饭,我刚坐下,它就立马飞上我的肩膀。还真是能心领神会啊。

"你看,是工作委托书。"

阿风说着,咕咚一下咽了口唾沫。

"工作?什么时候的呢?"

我不擅长机械操作,从不接触传真什么的。

本来,这种跟妖怪似的传真机本身我都不想放家里的,所以平时一直都用绒毯盖着,我自己尽量不去碰。那种人工的"嘀——"的声音啊、奇怪地发光的按键啊,一切我都受不了。但是,当时阿风恳求说无论如何要放台传真机。她最大的理由是,在酿酒厂当老板娘的时候,传真机帮了很大的忙。于是,我的条件是我一概不碰,才勉勉强强答应了她。不过,真的几乎没用过。

"该不是三四年前的吧?"

我喝着阿风沏的绿茶反问她。

"美步子老师你说什么呢,这个日期是上周哦。"

她表情惊讶地递给了我一张干燥的滑溜溜的纸。阿风那么惊讶,也不无道理。因为相当长的一段时间内已经几乎没有工作委托找我了。

"哎呀,真的呢。"

末尾的日期,确实是上周的。

"怎么样？"

阿风一脸认真地问我。我犹豫了一下，静静地回答她说：

"请给我点儿时间。"

是一家杂志想请我画封面。杂志是季刊，也就是一年需要四张画。我心底在不断地问，为什么会选择我？为什么会是这个时候？虽然想也想不出答案，却还是不由自主地反复思考这个问题。越是焦虑状态下给出的答案，日后越会后悔。所以，暂时只能保留答复。

"那，这张传真别弄丢了，我把它用磁铁吸在冰箱门上了啊。"

所有重要的东西，阿风都贴在冰箱上。对于多年以来作为家庭主妇料理一家人生活的阿风来说，冰箱一定是像神社一样神圣的地方吧。就像画室之于我一样。

第二天，我很早就醒了。

因为没有钟表，不知道准确的时间，但是可以确定还没有天亮。末广好像还在酣睡。它从来不会一直黏着我，这点我很喜欢。我们在一起的时间和各自欣赏景色的时间，严格划分。无论关系多么亲密，都不能越过一条线。从末广身上，我体会到了这种生活美学。

我要画画。

从昨天开始，不，或者从更早之前开始，我体内就一直在孕育着一种冲动，一种不能无视的欲望。

我要画画。这种强烈的感觉，真的久违了。就和想要喝水、想要呼吸新鲜空气一样，是身体本能。自己将不久于人世，如果现在开始画，会不会也许连一张都画不完就死去了？不可思议的是，我从来没有想过这些。

对于自己要死这件事，我没有丝毫恐惧。真的。

但是，在死之前，我想留下自己的画作。哪怕一张也好。

我在快要三十岁的时候，才重新进到美术学校学习。东京奥运会举办之前，整个日本都沉浸于喜悦当中。原本，我靠自学也能完成工作，但是感觉那时的自己已经到极限了。于是，想要重新从基础知识开始学习绘画，就和比自己小一轮的学生们坐在一起学习了。

没有系统学习之前，我都是凭感觉画画。绘画理论完全不懂。所以，遭人批评说我的画是小女生的涂鸦游戏而已，这也是事实，我就算心有不甘也无从辩驳。后来我在美术学校学习了整整两年，才从头掌握了绘画的基础知识。

我悄悄地走出了卧室。

即便打开窗帘，外面也是黑的。那些活着的生物，都还在熟睡。

从院子里、大街上、空气中都能听到它们酣睡的呼吸声。一天当中，我特别喜欢这样的时刻。西方，月光照得天空亮堂堂的。

我站在黑暗的厨房里，摸索着准备好锅，添上水、打开火，把豆蔻、肉桂、茴香以及生姜都放进去。煮沸以后，再放进茶叶。茶叶还是阿萨姆茶比较好。煮一分钟左右，再加入水的一半量的牛奶。阿风怕牛奶喝完了，总是买好了放在固定位置。一直煮到快要溢出来的时候，迅速把锅从火上移开。这样，像施魔法一样重复三次。

画画的时候，我一直都是喝这个奶茶。只有喝了这个，我才会开始工作。

我常把自己关在画室里。这个房间，连阿风也不准进来。为了能让自己能以最好的状态画画，我反复尝试，最终确定了这种方式。

迄今为止，我从来没有拜谁为师过。日常琐事和工作日程都是阿风帮我整理，我从没收过徒弟。我打心底讨厌支配别人、被人支配。无论到何时，我都想按自己的方式生活，按自己的想法画画。

一沉浸于画画，我都忘了肚子饿了，也不去厕所。这个世界上，只有我和画存在，就连我们俩也最终交叉重叠到一起，成为一个了。或许，也可以说是快感吧。

绘画让我感受到了情欲，画着画着，就会沉醉其中。有时候，甚至忘记了呼吸。绘画，是一种能让人达到忘我境地的魔法。

不经意间我望向窗外，发现阳光已经照进院子里来了。

多美啊。

我怀着一颗赤子之心感慨。广玉兰是这个院子的象征，阳光下，它的枝干，连同树叶，所有的一切都在熠熠生辉。很久没有这样的感觉了。

刚刚画的，是我自己的画像。这是时隔几十年，我再次画自己。

我不停地画着，不断有新的思绪涌上来。

我每天就像被某种东西附体一样不停地画着。感觉那些小动物啊、花儿啊、静物啊、风景啊，都微笑着凑过来，冲着我说："画我呀，画我呀。"我用各种各样的颜色和形状，一个一个地描绘着它们。只要沉浸于绘画的世界，就能从现实中逃离出来。也许，对我而言，画画是逃避现实的最好方法吧。并不是因为幸福，而是因为痛苦，为了忘却一切才画画的。一直以来，我都是这样。

一画画，一周的时间转瞬即逝。

接下来的周一早上，阿风一看到我，开口第一句话就是：

"美步子老——师，你在工作啊。"

我手和脸上都沾上了颜料。

"嗯，算是吧。"

我含混地回答。突然从梦中惊醒，像是一个玩泥巴的孩子一样忘我地画着，我突然有点害羞。不过，画过画后身体里的淋漓畅快在不断蔓延开来，像回声一样回响着。厨房的水槽里，凌乱地歪倒着我沏奶茶用的待洗的锅。

连日来不断画画，完全把我的大脑打开了。简直就像是开过了头的郁金香。细想起来，这段时间，我没有和任何人讲过话。末广像是察觉到了什么似的，也没怎么靠近过。

终日里窝在室内毕竟对身体不好，时隔几日，我去了院子。前几天阿风摘的花都已经枯萎了，我又选了些新的。

寒冷的天空下，玫瑰花勇敢地盛放着——就这样萌芽、开花，然后枯萎直至死亡。我不得不佩服它那没有丝毫犹豫的勇敢姿态。

我想像花朵枯萎一样，去迎接死亡。

午餐是阿风给我做的手工素面。知道我喜欢面食，阿风总是费工夫做给我吃。我一个人吃饭，总是简单至极。所以阿风就在冰箱里给我放上各种各样的小菜。虽然我虚张声势地说自己可以一个人生活下去，但是事实上，如果没有阿风，我就没办法画画。

"果然，阿风做的素面，无与伦比。"

我喝了一勺汤，说道。末广也是，站在客厅里铺着的报纸上，吃着阿风拿给它的食物。

"这多简单啊。放很多醋，再撒上足足的胡椒，就可以了。美步子老——师，你总是太夸张啦。"

我一夸阿风做的菜，她就总是这样淡淡地、谦虚地回应。但是，我却不以为然。我绝对做不出这样极品的素面，酸甜的比例恰到好处。

"这个啊，是我家媳妇教给我的。她说把三种醋混合在一起，就这样了。"

"可是比例很难把握啊。我这个外行，完全做不来。"

"没关系啊，美步子老——师。你只要画画就可以了。家务事都由我来做。"

总觉得这样的对话，很久以前就曾有过。

曾经，对我来说，活着，就是画画。虽然自从生病后就远离了画室，可现在，我又充满了不亚于年轻时候的能量。

"下午，我还想再工作一会儿。"

听我一说，阿风就回道：

"那，我待会泡杯咖啡拿过来。"

只有下午工作的时候，我才喝意式浓咖啡。这样能头脑清醒，精力集中。

"呃，老——师……"

傍晚时分，阿风开口道，有些欲言又止。

"上次那个传真，怎么样了呢？"

阿风已经穿上外套，开始准备回去了。冰箱里已经放好了新做的菜，都整整齐齐地放在一个个的容器里，按照吃的先后顺序给排好了。

"这个啊……"

我嘀咕着。上周阿风找到的那个传真，还在冰箱的同一位置，用装饰磁铁牢牢吸着。

"美步子老师如果还想再考虑考虑之后回复的话，我就打电话这样告诉对方怎么样？"

阿风一边围着围巾，一边提议道。当然，我并没有忘记传真这桩事儿，相反，是一直在考虑。但是，我还是无法明确回复。因为从现在开始，我的日子为数不多了。

"是啊，已经过了十天了呢。那就拜托你啦。"

我刚一说完，阿风就从自己的包里取出记事本和铅笔，记上传真末尾附着的对方的联系方式。

虽然结论已定，但是对阿风一直说不出口。

第二天，第三天，我都沉迷于工作。连我自己都惊讶，是身体的某处隐藏着能量了吧？该不会是病痊愈了吧？还是我的身体被绘画之鬼给缠住，不受我自己控制了？到底是怎么了呢……

有时，我一回过神来，发现末广安静地站在我的肩膀上。至今为止，即便再亲密的人，都没有被我允许踏进画室过。但是，这个规定却被末广很轻易地打破了。而实现这一点，出乎想象地简单。

末广给了我勇气，却一点都不打扰我创作，并且总是在我不经意中飞走。所以，末广在肩膀上的这一幕，也许是我的错觉、幻觉吧。对我来说，它就是这样如空气般存在着。空气是看不到摸不着的，但是如果没有了，我们就会死掉。

除了最开始画的自画像，我这段时间，又完成了好几幅画。

只要有这些的话，也许会船到桥头自然直吧。不管将来我会怎样，也可以不用给别人添那么多麻烦。

我在心里问肩头站着的末广：末广，你觉得怎么样？

结果，末广用清脆的声音回答：

"没问题。"

不是疑问，是干脆的肯定句。

没问题？是说，我接了这个工作也可以吗？

正当我又一次犹豫不决的时候，末广又清清楚楚地说了一遍。

"没问题。"

我开心极了。末广像是在背后推着我一样。末广，请一直陪着我，仅仅这样，我觉得自己就能变得坚强。

相信末广的话吧。我想,我一定没问题的。

虽然过了新年再见面也是可以的,但是我一直都有种冲动,想要年内直接和对方见个面。画画的灵感就像是旋转木马一样一个接一个不停地出现。如果不尽快画出来的话,这些思绪就会很快飘散。每一天,我都在和这样的自己搏斗。

当然,有时候画出的作品很满意,有时候并不合心意。结束了一天的工作走出画室的时候,太阳已经完全落下去,天空已经挂起了月亮。我觉得自己成了浦岛太郎①,呆呆地抬头看着天空,连今天是几月几号都不知道了。虽然身体很疲惫,但是心里却如同水灵灵的果实一般丰盈、充实。

让阿凤跟出版社负责的人联系,告诉对方我答应接受委托。仅仅这一点,我心里也一再犹豫过。

虽然已经决定接受委托了,可是一走出画室,就有一张软弱的面庞出现,在我耳边嘟囔说:"你这是在为难自己。"

握着笔沉醉于绘画中的时候,简直有自己是世界上最强的勇者一样的错觉。然而,一旦从手里拿掉画笔,走出画室,我就完全觉得自己像是赤裸的国王一样,徒劳的情绪就会浮现出来,于是我开始冷静地想,是不是一切都是我这个老人的自以为是、骄傲自大?

我一直都在动摇。为了忘掉这种犹豫,我更加专注地投入到了绘

---

① 日本一个神话故事里的主人公。

画的世界里去。

周三傍晚，出版社的人来了。

本来，应该由我自己来接待。但是，阿风专门从栃木过来了。家里很久都没有因工作关系而来的客人了。

门铃声清脆地响起，阿风反应很快，英姿飒爽地走向大门口。我坐在客厅的沙发上，静静地等着。肩上，站着末广。

"初次见面，请多关照。在您百忙之中，多有打扰。"

紧跟在阿风身后进来的，是一位身材高挑的年轻女士。只是，我无法直视对方的脸。我是极度怕生的人，到了这把年纪还是害羞得不得了。别人专程来见我，我很高兴，但是，却很难用语言和表情流畅地表达出来。面对第一次见面的人，总是紧张得心脏都快要从嘴里飞出来了。

女士弯下腰，递过来一张名片。雪白的名片上印着"津野田明"。我不太喜欢这种白领似的交换名片的行为，但是没有办法。我还在仓皇不知所措时，阿风迅速把我自己的名片塞进我手里。其实并不能称之为名片，只是在干月桂树叶上，写上"小暮美步子"这个名字而已。不需要的话，扔到地上就可以。

"好可爱！"

我一递过去月桂树做的名片，津野田就大声感叹。末广大概是惊到了，一下子紧紧抓住了我穿着的开襟线衣。

我让阿风在客厅里和津野田两个人商量下工作事务，自己去厨房沏奶茶了。平时就是闭着眼也能沏,但在这样的时刻,我往往容易一紧张就犯下严重的错误。在沏奶茶这件事上,我确实发现保持一颗平常心是多么难啊。

一听到我关煤气的声音,阿风就奔进厨房里来。

"美步子老——师,剩下的我来弄。"

她压低声音在我耳边低语着,以免被客厅里的津野田女士听到。

"老师你去和她说说话吧。"

阿风的喜悦,都写在脸上。她是在为我有了久违的重要工作委托而兴奋。

但是,我并不喜欢她在我跟前,和我面对面地表现出这样的喜悦之情。这种表现,可能会伤害到我。但是,从阿风的毛孔里,从她的指缝里,从她的眼角里都流露出来这种欢喜。的确,已经很多年没有这重要的工作邀约了。我的作品也渐渐脱离社会了。这本来就是自然规律吧。

"真是借花献佛,谢谢您送来的礼物。"

阿风把津野田女士带来的饼干摆在盘子里,和奶茶一起端过来的时候,我说了这么一句。听我这么说,津野田女士有些茫然。

"借花献佛?"

"嗯,因为这是您刚才送给我的礼物,我现在拿来招待您。所以说是借花献佛。"

阿风客气地解释道。

"对不起,我还以为是'久等了①'这句话说错了呢。原来用别人带来的东西招待的时候要这样说的啊。"

津野田若无其事地笑着说。她的样子,把我和阿风都有些惊到了。

"是的呀,是说借花献佛,不好意思。现在的年轻人好像都不怎么说了吧。"

阿风接过津野田的话说着,把桌子上的茶杯和装蜂蜜的玻璃罐摆放好。我有种久违了的与尘世接触的感觉,很是惊讶。

津野田告诉我们说她老家是四国松山的。难怪如此从容。四国人,或许是因为气候四季温暖的原因吧,人们大多性格稳重,不怎么有竞争之心。

"那里的乌冬很好吃吧。"

我默不作声时,阿风出来帮我了。这种时候,阿风对我来说是不可或缺的助手。

"是的啊,我们那的乌冬真的好吃。我家吃点心都是配乌冬。高中生们也是,有时参加活动后回家饿了的话,不是吃麦当劳,而是吃乌冬面。还比汉堡包便宜呢。"

说到这里,津野田声音洪亮地说了句"我不客气了啊",就第一个伸手去拿曲奇饼干。我觉得很有意思,静静地听着阿风她俩聊天。

"美步子老——师可是最喜欢吃面的哦。"

"哎,那也喜欢吃乌冬面吧?!"

---

① 这两句话的日语发音相似。译者注。

"当然咯。"

"那下次我回老家的时候,带些好吃的乌冬来吧!"

阿风和津野田两个人聊得热火朝天,完全不觉得俩人是第一次见面。就像是小孩子玩的投布袋游戏,投过来掷过去。但是,我却融不进这么欢乐的氛围中去。

"哇,这个茶也很好喝!"

津野田喝了一口奶茶,眼睛直放光。哪怕是奉承,一被人夸我做的奶茶,我就会欢欣雀跃。

"这个啊,只有美步子老师会做哦。"

阿风说。

"好厉害,我还是第一次喝这么好喝的茶呢。这是老师的原创吗?"

被津野田的大眼睛直盯着,我紧张得心怦怦直跳。我可以这样盯着植物、动物看,但是盯着人看,我做不到。

"也没什么大不了。只不过是年轻时候,印度舞老师教给我的……"

我正说着,津野田打断我:

"可是,这个真的比我在印度喝的茶还要好喝!"

她的眼睛愈发明亮了。这个女子的眼睛,真的很漂亮,像是星空一样,隐隐地闪耀着一道道光芒。

"津野田老师好厉害啊,去过印度啊?"

阿风嘴里嚼着曲奇饼,漫不经心地说着。

"我大学毕业旅行,自己一个人去的印度。"

津野田有些飘飘然地说。

"啊,一个人?去印度?"

阿风瞪圆了眼睛。

我也对印度感兴趣,一直想着找时间去看看,结果却一直没机会去。余生还不知道能不能去得了呢。我也伸手拿了一块饼干,含在嘴里。

"津野田老师您真有勇气啊。"

阿风说。的确,这个女孩,也许跟外表不同,很有韧性。

"老师。"

再一次听到喊声,我抬头一看,津野田眼睛睁得更大地看着我。被她这样的年轻人凝视,我真的会害羞。阿风立刻站起来走向厨房,留下我跟津野田两个人。我再也无处可逃了。

"封面插画,拜托您了!"

也许是津野田的声音太大了吓着了吧,我肩上的末广一下飞走了。

"啊,好的。"

我含含糊糊地回应着。但是,有些话,我必须亲自提前告诉津野田。我鼓起勇气,看着津野田。或许是我的错觉吧,津野田的眼睛里看起来溢满泪水。

"我啊……"

一旦开头,后面的内容就像是越过了藩篱,打开了缺口一样。

"现在已经六十多岁了。并且,去年生了一场大病。说实话,现在的状况是，我都不知道自己还能活几年。我会尽量不给你们添麻烦。可是，把如此重要的封面任务交给我这样的老年人，能行吗？如果想取消之前的委托，现在也为时不晚……"

不知不觉间，我又低下了头。接着，就听到一声：

"没问题。"

一瞬间，我以为是末广的声音。不过，不是，那声音来自津野田。

"我们想用老师您的画作为我们美术杂志的封面。当然，这不是我一个人的想法，是公司全体同仁一致的愿望。"

抬头看去，津野田正低着头，她的长发几乎要垂到茶杯里了。

"礼节多有不周，还请您包涵。"

津野田就像是新媳妇初来乍到一样客套着。我也深深地低下了头。

得知自己将不久于人世、与末广邂逅、接踵而至的工作委托。所有的这一切，也许都由一条无形的线连在一起吧。

我把津野田送到大门口。或许是因为她穿着高跟鞋吧，我走在她后面的时候，真的要仰望她。在同龄人中，我算是个子高的了，可是津野田比一般人都要高。

在大门口，我补充道：

"交稿日期及其他细节，请直接跟阿风联系。还有，我并不是你的老师，所以，你喊我老师，我有点儿不习惯……"

我是鼓起了勇气才说出来的，可是对方却若无其事地问：

"那我怎么喊您比较好呢？"

一抬头，正好与她四目相对。

"只要不是喊老师，什么都行。"

"明白了。那么，下次我不这么喊了。"津野田朗声回答道。

真是个直爽的好姑娘。

"都这么晚了，您还专门跑过来，真是非常感谢。"

阿凤也出来，礼貌地跟她道谢。

"我才要谢谢你们呢，打扰了。"

津野田是位很懂礼貌的人。

"祝您新年好。"

这么说着，津野田抬起脚，伴着高跟鞋清脆的落地声，飒爽地回去了。望着她的背影，跟我并肩站着的阿凤忍不住肩膀一抖一抖地窃笑起来。

"竟然不知道'借花献佛'的意思。不过，真是个不错的姑娘。"

"是的啊，刚开始还想着是个普普通通的小姑娘呢，结果发现是个内心很强大的人。"

※※※※

东京的人开始少了，空气也一下子清爽起来。既没有了汽车尾气，也没有了人们的恩怨纠葛，这里又重现昔日的江户风情了。

我又抬头看了下天空。

我还能在这里，再过几个新年呢？

啊，吓死我了。

我吓得要瘫软了。

不是因为小暮老师。当然，老师本身也挺吓人的。不过，我怕的，是那只鸟。之前根本不知道老师还养了鸟。前辈也没有告诉过我这一点。我的心脏现在还在扑通扑通直跳。

从开始见面，我就冷汗不停地流。得赶紧擦擦，否则恐怕会感冒的。这么看来，我的身体还真是虚弱啊。

不过，我还真是没有想到老师会那么的精神矍铄。

一点都看不出生病的样子。皮肤很有光泽、说话也条理清晰。我曾经见过出现在媒体上的老师的照片，是大约二十年前照的了，老师那时五十岁左右。可是，现在的老师一点都没有变。

还是那么美。

老师身上洋溢着一种凛然的气质，让人不那么容易接近。对小鸟的恐惧，加上面对老师的紧张感，我就喋喋不休地一直说着废话。老师肯定觉得我真是个傻姑娘吧。

不过，那位保姆，真的是位性格爽朗、感觉很好的人。

刚开始到大门口来接我的时候，我以为她是老师。虽然两人并排站着的时候看起来五官并不一样，但分开来看，总觉得气质一模一样，分不清谁是谁了。

老师亲切地喊她阿凤，真名叫什么来着？打电话的时候因为有口音，说实话开始的时候没听清楚。我开始还以为怎么回事，这是找个乡下阿姨帮忙呢，结果一看，是一位优雅程度不逊于老师的人。

不过，老师家离车站太远了。必须得沿着蜿蜒的河道一直走。真不该穿高跟鞋来。而且，老师家是不用脱鞋的。在日本，居然还有这样的人家。虽然是普通的房子，但我自出生以来，就这样穿着鞋子进房间，好像还是第一次。走路的时候还要留神不要硌坏地板，紧张得腰都疼了。今天下班后要到针灸医院去扎一针。明天开始，公司终于要放假了。

顺便说下，我老家是松山的。爱媛县松山市。以乌冬面闻名的，是相邻的香川县高松市。

松山的乌冬面并不是那么好吃。不是我自夸，要说松山引以为傲的东西的话，那要数道后温泉和橘子了。还有，松山城。红豆也好吃，但是其魅力只有当地人懂。

大多数人都会把松山和高松弄混。怎么说呢，总之给人的印象是提到高松人大家都知道，是因为那里的乌冬好吃。所以，阿风也弄错了。问我出生地的时候，我的确回答的是松山，可是对方立马和乌冬联系起来，我也没找到合适的时机去否定，只好趁机聊起来了。

当然，高松人的生活已经和乌冬融为一体了，这话一点不假。我原来交往的高松的男朋友就跟我说过，他每次从学校回家都要吃锅起面[1]。我不知道"借花献佛"这句话的意思，也没什么值得嘲笑的。

一想起当时的场景，我就脸红。毕竟，"借花献佛"这句话，平时生活中都不怎么用。不过，回到公司之后，我要再查一查词典看看到底什么意思。电子词典还是我跟松山的父母说自己要在出版社就职的时

---

[1] 一种日式面条。将面条焯过后立即放入热水中，蘸调料吃。

候,他们送给我的贺礼呢。

还有,那只鸟。下次去之前,我得想好对策。

我的怕鸟症开端,要追溯到五岁的时候。当时,我还在上幼儿园。

我的父母是双职工。所以,平时一般都是在外面吃饭。并且,就连去大人们喝酒的小酒馆啊小吃店啊,父母也毫不避讳地带上年幼的我。因为工作关系,他们两人知道非常多的店,所以,年仅五岁的我,就已经对吃很讲究了。

那天,他们带我去了烤鸡店。那个时候,我已经可以自己跟坐在服务台前的老板直接点餐了。比如,鸡肉要椒盐的、鸡心也要椒盐的、丸子要酱汁的、鸡肝就椒盐和酱汁各一个,大致就是这种感觉。虽说我是个小孩子,却喜欢吃动物内脏。

我刚心满意足地吃完一串烤鸡肉,老板来到我们的座位上,附在我爸爸耳边说:

"那个,到了。"

瞬间,我感觉到爸爸嘻嘻笑了下。爸爸明明不能喝酒却还喜欢喝,所以,一喝脸就立马红得跟猴屁股似的。

"今天我也尝尝吧。"

妈妈摸着肚子说。现在想来,那时妈妈肚子里已经怀着妹妹梢了。

我立刻举起手,说:

"我也吃。"

虽然不知道是什么，但是有种预感，我确定这俩人吃的东西，肯定很好吃。

过了不大一会儿，那个东西就端到我们三人面前了。如今想来，那是内部菜单吧，只提供给熟客的非公开菜品。我虽然小，也为这种优越感而骄傲。

那个东西外表看起来，就是普通的水煮蛋。那时候，我迷上了温泉蛋，早上大部分时候都必定是白米饭上盖着温泉蛋吃。所以，我以为爸爸妈妈说的，就是像温泉蛋一样的东西。

爸爸用勺子咔嚓咔嚓敲几下，就把蛋分开了。

我啊呜一口，把它吞进嘴里。刚开始，流出了果冻状的汤汁。接着，更大的固体在进到嘴里之后，生出了一种异样的感觉。很明显和我平时吃的温泉蛋口感不同。有的地方硬有的地方软，说不清什么感觉的令人恶心的固体，把我的嘴塞得满满的，嵌在里面蜷缩着一动也动不了。

我大声哭了出来。即便是小孩子，心里也清楚那是奇怪的东西。我丝毫没有忌惮周围人的目光，世界末日来临般大声哭起来。

无论当时还是现在，我家有个规矩，一旦放进嘴里的东西，是不能吐出来的。我很清楚这一点，但是还想要表达自己的不愉快。我就像是被火烧了一样，一直放声大哭。

这一切，对妈妈都不奏效，爸爸呢，就完全跟陌生人一样自顾自地喝着酒。

无论我再怎么激烈地表达自己的意见，爸爸妈妈都一步不退让。

这时候，我嘴里已经满是口水。口水连同被口水浸泡之后，从那怪异的东西里飘起来的碎屑，从嘴边经过脖子流到胸前，越来越令人觉得恶心。

我知道自己也无计可施了，哭丧着脸，一点一点地开始嚼起来。我感觉自己身上每一个毛孔都混杂着咔嚓咔嚓的声音，真的难受极了。但是，不把它们嚼碎了是绝对咽不下去的。尽管如此，我还是尽量少嚼几次，然后把剩下的一口气咽下去。那一刻无疑是我人生中最绝望的瞬间。

只是，最后我还是觉得有东西塞在牙缝中，一直残留在嘴里。我战战兢兢地用指尖抠出来，一看，是羽毛。感觉老是有东西残留在嘴里，不管怎么用橙汁漱口，心里还是不舒服。

"明。"

等到我终于不哭了，爸爸缓缓开口说：

"这个啊，叫毛蛋。是用快要孵出来的鸭蛋蒸出来的。"

听了爸爸的解释，我把刚吃进去的毛蛋全都吐了出来。

自从这件事以后，我就害怕所有的鸟类动物。

现在，终于敢吃点儿鸡肉了，但是，烤全鸡还是不行。只要看到那些活着的、能动的乌鸦啊鸟啊，我都会反胃，有种要吐出来的感觉。

连曾经那么喜欢的温泉蛋、水煮蛋，甚至连小小的鹌鹑蛋，我都敬而远之了。味道暂且不说，就只是剥壳，我都做不到了，一想到里面会不会冒出来快变成幼崽的奇怪东西，我就感到恐惧。我觉得这肯定都是那天我吃毛蛋的报应吧。

我边走边回忆着往事，终于到了车站。真不愧是高级住宅区，车站周边豪宅鳞次栉比，令人咂舌。在我老家，无论多有钱的人家，也没有这样建房的。房子，能让人深切感受到主人的审美。花再多的钱，俗人建的房子终究是俗的。

与之相比，老师的住宅真的很漂亮。我对建筑一无所知，所以表达不好，但是，它肯定不是只花钱就能建成的。整个建筑有着不俗的品味，明明立于闹市中，却像是迷失在森林里那样，有种非常神圣的感觉。

就连那里的空气，都清爽澄澈。

上了电车，又热起来，背上开始冒汗。不知怎的，我很喜欢这种温差。东京的电车，夏天太冷，冬天太热。不过，也许是因为返乡高潮已经开始了吧，行驶在市内的电车里相当空旷。回到公司，跟前辈汇报下今天的事，今年的工作就全部结束了。

这个工作，本来应该是前辈负责的。

但是，好像前辈在之前就职的公司，负责小暮老师的随笔集的时候，曾挨过一顿训斥，所以，封面负责人虽然是前辈，却突然就扔给了我。当然，我是知道小暮老师的。不过，并不怎么了解她的作品。

早几天，和其他出版社的编辑们在年会上喝酒的时候，无意间说到了这次要请小暮老师画封面的事，大家都很惊讶。好像她这个画家不轻易接受工作邀约是出了名的。当场大家都说我好厉害好厉害，但我不太懂厉害指的是什么，哪里厉害了。

我取出明年的记事本，写下来，以免忘记。

阿风态度温和地明确告诉我，只能在周一联系。除了周一以外，再怎么打电话都没人接。

总觉得她跟保姆的感觉很不一样。还有，下次再去，要改改"老师"这个称呼。

过了年，已经二月了，我等到第一个周一打过去电话，风子马上就接了。她给我寄的明信片上，写着真名，我才知道她叫风子。画已经完成了，我随时可以去取。不过，似乎也只能在周一去拜访。我跟她约好最近的周一，也就是今天赶紧去老师家。

上次来去匆匆，都没有时间好好欣赏下景色，今天留足了时间出来的，所以能慢慢地在沿河道上走走了。令我吃惊的是，樱花树的枝头，已经长出了花苞，像是青春期少女的脸庞一样娇嫩。

河面上，鸭子们悠然自得游来游去。因为是工作日，公园里的人很少，非常宁静、美好。如果能躺在这里的长椅上，午休上个把小时，该有多舒服啊。我进公司马上就三年了，时间就这样转瞬即逝了。

一路上我也偶尔也看着地图走，虽然感觉离车站很远，可今天转眼工夫就走到了。果然，老师的住宅还是有不同之处的。虽然有陈旧的划痕，但是哪里看着都很可爱。跟我松山老家纯粹的破旧不同。抬头望去，屋顶上像是有立体雕刻，立在那里承受着风吹日晒。屋顶的一角似乎长着草。

摁了门铃，不一会儿风子就出来了。今天她穿着和服，外面罩着的白色围裙上没有一丝污迹。我把大门关好，走了进去。房间里，到处都放着工艺品，不知道是老师的作品，还是别人的。上次来的时候也许是太紧张了没有注意到。房间里，还有生了锈的铁皮玩具、古香古色的小马、仿真的鸟窝等东西。

"这边请。"

我被带到了上次那个阳光房，一进去就看到老师在厨房里忙活。

"新年好，今年还请多多关照。"

我问候了一句，老师也回着同样的话。脱了外套，我赶紧拿出来买来当礼物的乌冬。是我开着父亲的车从松山跑到高松买回来的。是要递给老师呢还是给风子呢？我犹豫了一会儿，还是给了风子。

"哎呀，多谢多谢。"

风子接过装着乌冬面的纸袋，惊讶得有点儿夸张。然后喊着：

"美步子老——师，美步子老——师！"走向了厨房，跟老师报告说，"津野田女士送来了一等奖乌冬面。"

一等奖乌冬面？我有些不解，到底还是没张口问。也许又是什么我不知道的说法吧。

"谢谢您记挂在心。"

老师解着围裙走了出来，跟我说谢谢。

"没什么。"

老师跟我道谢，我惶恐不已。

"请坐吧。阿风一会儿就拿奶茶过来。"

等老师在平时的位置坐下,我也跟着坐了下来。总觉得那只小鸟就在这个房间里。

果然,还是老师冲的茶最好喝。茶很细腻,香料的香气四溢。如果说用味道来表达印度这个国度的话,一定就是这种味道。我把上次的事跟前辈一说,他好像也喝过老师沏的茶,非常羡慕我。

风子一离席,就只剩下我和老师两个人面对面了。老师的身边放着速写本,上次来也是这样。

"好漂亮啊。"

院子的一角,梅花正开着。

"那是垂枝梅花。上周终于开始开花了。"

一说到梅花,老师表情突然明快起来。她的眼底有黑眼圈,总觉得她脸颊也比上次消瘦了,说实话,我很担心她的身体状况是不是恶化了。

"真是不可思议啊。"

老师凝视着院子里的垂枝梅花,低声细语道。

"每年都这样,快到春天了才盛开。"

接下来的好大一会儿,老师的目光都没有从梅花上移开。似乎在和如舞者头上插着的簪子一般的梅花无声地对话。接着,老师又给我介绍了院子里种着的树。

我一口一口地喝着茶,忽然闻到不知从哪里飘来的淡淡的香甜味道。扭头一看,风子正蹲在暖炉跟前忙活着什么。刚开始的时候,我以为是花香，其实是风子在暖炉上烤着的东西散发的香气。

"您在烤什么呢？"

我忍不住开口问。风子扭过脸来，说：

"棉花糖呀。是美步子老师从医院回来的路上买来的。和奶茶很搭的。"

她微微笑着，大声回答。

"棉花糖？能烤着吃吗？"

迄今为止，棉花糖我都是直接吃的。软蓬蓬的、跟橡皮一样，说实话，我没觉得怎么好吃。

"我去法国写生旅行的时候，住家的主人这样做给我吃的。"

老师告诉我。许是刚才盘踞的云彩散开了吧，阳光从背后照进来，老师看上去像观音菩萨一样。

"好了，给你。"

风子把刚刚烤好的一个棉花糖，放到木盘里端过来，我刚要递给老师，她却不容分说地拒绝道：

"不用了，你先吃。"

于是，我不客气地先吃了。

一口咬下去，奶油立刻在嘴里炸开，几乎与此同时，风子温柔地提醒我：

"很烫，等凉了再吃啊。"

我忍着烫，最终咽下去了。太烫了，我的喉咙都要烧起来了。但是，真的好吃。相比以前无奈吃下的棉花糖，简直有云泥之别。

"好好吃啊。"

我喝了口奶茶，又说了一遍。扭头看去，风子正拿着一根串满了一个个棉花糖的细铁丝，在暖炉上烤着。棉花糖经过这样的烘烤，香气扑鼻，原本包裹在里面的味道，都溢了出来。

"津野田小姐也想烤烤看吗？"

发现我一直盯着看，风子就问我要不要试试。我打算帮忙，就站起来，走到暖炉跟前。

一个人住的房间还是更适合用空调。我松山老家冬天是以被炉和电热毯为主搭配使用。非常冷的话，就用油汀，今年过年就是，被炉一次都没用。所以，看到火，我觉得很新鲜。

"用棍子的尖这样串上棉花糖，然后放在火焰上烤。"

风子示范给我看。一放到火上，棉花糖的表面瞬间就形状扭曲起来，几乎要裂开了。

不过，看着风子在火上烤棉花糖似乎很容易，可是实际操作起来却没那么容易：很烫，一会儿就焦了，怎么都烤不好。我烤的棉花糖，虽然没到都焦黑的地步，但周边都相当煳。

"没关系啦，我喜欢吃这样烤得狠的。"

结果，我烤的失败之作全都放到了风子的盘子里，我跟老师吃的都是风子烤给我们的。果然和奶茶是绝配。

吃完了烤棉花糖，老师轻轻喊了声：

"末广。"

话音刚落，突然就听到"啪嗒啪嗒"的声音，那只鸟飞了过来。我条件反射性地蜷起身体，低下头来。它是从我的正上方飞过去的，爪子几乎要抓到我的头发了。小鸟直接落到了老师肩膀上。老师的肩膀，就像是小鸟的直升机场一样。

我胆怯地抬起头，只见老师直直地盯着我，问：

"你讨厌鸟吗？"

"不是的，没这回事……"

我闪烁其词。再怎么样，也不能说我非常讨厌。

意外的是，我开始呼吸凌乱。于是，我收紧臀部，下腹用力，反复进行小幅度的腹式呼吸。几次下来，心脏才终于渐渐平静下来。这是我以前学瑜伽的时候，教练教我的。

"是叫末广，对吧？"

我觉得自己的心跳恢复正常了，才再次开口跟老师说起话。可是，我依然不敢直视老师肩膀上的末广，心里一直担心，万一和它的视线对上了，会不会发生不可想象的事。

"是的，叫末广。末广，跟津野田女士打个招呼吧？"

老师冲末广点了下头，末广就像是鞠躬行礼似的，低下了头。

"是只鸡尾鹦鹉呢。"

上小学的时候，校园一角有个鸟房，里面就养着很多跟这个一样的圆脸鸟儿。也有其他品种的鸟。当然，我是从来不靠近的。

"美步子老师啊，有一天就突然把它带回来了。"

不知何时，风子坐在了座位上，嘴里填满了我刚才烤焦了棉花糖，现在大概已经凉掉了。

"难道不是在宠物店买的，或者是从朋友那里要的吗？"

捡到猫啊狗啊的倒不稀奇，捡只鸟的事还是第一次听说。

"就跟刚才一样，突然就站到了老师肩上。于是，老师就带着它一起回来了。"

风子说完，老师用指尖抚摸着末广补充说：

"我讨厌宠物店。"

"肯定是因为老师和末广前世有缘。"

风子嘴里含着最后一颗棉花糖，说道。

我问老师末广这个名字的由来，但是，老师只是很直接地回答说末广就是末路开阔的意思啊，兆头很好吧？就没有再说其他的了。

然后，我的肚子就咕咕叫起来了。

离开公司前有点儿时间，我好好地吃了顿早饭，午饭就没有吃。本来想从老师家告辞之后，拐到车站附近的咖啡馆随便吃点点心什么的就可以了呢，结果还是不行。喝了奶茶、吃了烤棉花糖，肚子里的饥饿虫就突然开始骚动了。而且正好是在对话中止的时候响的，所以，老师和风子两人都听得真真切切。

"哎呀，你饿着肚子呢。"

老师先反应过来。

风子盯着我的脸，问：

"你该不会是到现在都还没吃午饭吧？"

我面红耳赤。

真的是，如果有个地缝的话，我都想钻进去。

"阿风，中午的咖喱荞麦面，是不是还有？"

好像开始进到这间阳光房的时候，就闻到淡淡的咖喱香。

"啊，我真的……"

刚要说"不用"，肚子又大声响了起来。简直像是锣鼓喧天。

"可是，老师，荞麦面全都吃完了啊，咖喱倒是还剩了点儿。"

风子难为情地说。

"你刚才不是才收了人家的乌冬面嘛！"

"啊，对对对，对对对。"

两个人就这样说着，一惊一乍间，风子就做好了一人份的乌冬面。并且，大概是觉得我在这里不好意思吃吧，特意把我带到厨房一角的桌边。

唯恐弄脏了我的白衬衫，风子给我穿上了她的白围裙。我来干吗来了……不过既然已经这样，只能吃了。

风子做得一手漂亮的乌冬面，真的好吃到无法想象。和式的汤底，虽然有点甜，但是辣味足，酱汤"嗖嗖"地就进到喉咙里了。我平时怕冷，除了冷汗外都不怎么出汗，但是现在，我胸口的汗珠一颗一颗连在一起，落了下来。面里放了干香菇和莲藕、油炸豆腐。难得给老师拿来的礼物，却都被我自己吃掉了怎么办……但是这种不好意思的感觉，最终还是无法战胜乌冬面的美味。

我一个劲儿地吃着。乌冬面一会儿就都装进我的胃里了。连同咖喱酱汁也一饮而尽。

"谢谢款待。"

"都是粗茶淡饭。"

正在洗刷的风子转过身，拿给了我餐巾纸盒。我从里面抽出餐巾纸，擦了擦嘴周围。

"又'借花献佛'啦，对不起。"

我羞愧地道着歉，一边把碗送过去。结果，风子弯着腰强忍住笑：

"不客气，那是我应该说的话。"

尽管我再三要求帮忙收拾，风子就是不答应。我又回到了阳光房，老师好像去别的房间了。末广也不见了。

"我马上给你泡点茶来。"

风子提高音量，用盖过流水的声音说。

"没关系，真的不用了。"

我脱下围裙一看，雪白的围裙上溅上了很多星星点点的咖喱。是就这么放这里，还是洗好了再送回来呢……正踌躇着，忽然想去厕所了。

我赶紧从衣架上取下自己的外套和围巾，直接走到厨房，去跟风子打声招呼。不能再给人家添麻烦了。

"真是谢谢您了。咖喱乌冬非常好吃。我这就得回公司了。"

本想着也得跟老师打声招呼再走的,可是,老师也许在休息。

"麻烦您帮我转告下老师吧。"

我深深地鞠了个躬,走出了大门。

走出老师家,我快步地走向小巷。我记得车站那里有干净的厕所。

结果,还是没坚持到车站,就在中途进了儿童公园里公共厕所的单间,坐在马桶上的时候,才意识到自己犯了错。

"啊——!"

我不由得大叫了一声。到底以为自己是来干吗的来了啊!我差点为自己的不中用哭了出来。又是喝奶茶,又是吃烤棉花糖,结果连咖喱乌冬也吃了,却把本来的目的忘到了九霄云外——我今天是来取老师的画的啊!

从厕所出来,我飞快地跑向来时的路。大概比上中学时候的马拉松比赛跑得还认真。头发乱了、鞋底快磨破了、紧身裙也快要炸开了,这些都无暇顾及。终于到了地方,赶紧伸手摁响老师家的门铃。我双手撑在膝盖上调整呼吸的几秒钟时间,大门缓缓地打开了。

"正等着你呢。"

是老师自己出来开的门。

"对不起!"

我垂下头,恨不得跪地谢罪。我这么愚笨的负责人,就算被老师给辞退了也毫无怨言。真的是羞愧至极,无颜再见老师了。

"没关系啊。"

老师说完，哧哧地笑了起来。风子也从里面走了出来。果然，她也在笑。

"幸好半路上发现了呢。我还以为你肯定把画从老师这里拿走了呢。"

"托你的福，让我俩刚才大笑了一番。"

说着，老师又哧哧地笑了起来。

"美步子老师，你别再逗我笑了，我肚子都要笑破了。"

说到这里，两位少女般的老奶奶，又忍不住开始捧腹笑了起来。

"不过，据说，笑一笑，能激活自然杀伤细胞，所以，托你的福，我的寿命又延长了。谢谢啊，津野田小姐。"

到了阳光房，老师笑得眼泪都出来了。老老实实待在老师肩膀上的末广，也同样笑着。不知怎的，我也高兴地流出了泪水。老师的笑容，太有感染力了。

接下来再一次到老师家拜访，是三个月之后了。五月份，整天都在淅淅沥沥地下着雨。

改版后的创刊号，也得益于老师给画的封面，赢得了一致好评。风子在电话那头高兴地告诉我，老师似乎也对结果很满意。

我真的被震撼到了。当然，我以前在作品集里看到过老师的画作。但是，那些都是印刷品。这次，我第一次直接看到了老师画的画。面对画作时的心情，除了感动，我无法用其他词来表达。

看到画作的瞬间,我的心骤然疼起来。这种无法说明的情绪像吸盘一样把我紧紧吸引到画里的世界,目光根本无法移开。

老师画的,是洋葱。一缕嫩芽从洋葱里伸出来。葱皮简直和真的一样色泽丰盈,似乎一伸手去碰的话,它就会咔嚓一声碎掉。我甚至觉得好像能嗅到洋葱的刺鼻气味。这幅画所表现出的坚定和优雅,如好听的低音乐曲般流淌出来。

从老师身上,我收获到了单纯欣赏画的喜悦。我喜欢历史小说,但是又没有当作家的才能,所以希望在出版界做文艺杂志编辑的工作。但是,老师悄悄在我耳边低声告诉我,这世上,还有另一番天地。

老师为我们画了那么棒的画作,却只字不提其中的艰辛,也没有任何多余的解释,就像是从口袋里掏出一条手帕,轻巧地说声"给你",就递过来了一样。

并且,上次我上演了那么失态的一幕,老师也没有不让我继续担任负责人。相反,这次她人还在厨房就跟我打招呼。老师留我一起吃午饭,我当然惶恐,谢绝了一次,但是老师说一定要在这里吃,于是我就留下来和老师、风子一起吃了饭。

"都是些现成的东西,不好意思啊。"

说着,风子就熟练地把菜摆在了桌子上。

"今天天气闷热,我们就吃驰走面吧。"

"驰走面?"

"对、对,就是放了很多配料的素面。今天有小豆岛送过来的好吃的素面。"

虽然同在四国,我还没有去过小豆岛。

我尽量不打扰风子,一边帮着忙,一边和她闲聊着,老师也从阳光房缓缓地走了过来。当然,肩膀上,依然站着末广。

"您好。谢谢您招待我吃午饭。"

我站起来刚要行礼,就听到老师说:

"看看,漂亮吧?这里面,有个小蜗牛哦。"

一看,老师手里拿着把鱼腥草。大概是经历了雨水的洗礼吧,叶子上、花上,连同它的气味都显得水灵灵的。紧接着,老师看到我的脚,说了句:

"哎?这个好。"

"啊,这个雨靴,最近很流行呢。"

这是我在百货商店里看到的,虽然有点儿贵还是不假思索地买了。多亏了这个长筒雨靴,下雨天舒服多了。

"我们那个时候,可没有这么好的长靴呢。"

大概是对我的长靴很感兴趣吧,老师拿着带蜗牛的鱼腥草,蹲在我的脚跟前,仔仔细细观察着。

"美步子老——师,你想要吗?要不要借津野田小姐的穿穿试试?"

风子用大锅煮着面说道。我以为老师肯定会否定这个提议呢,结果意外的是,老师却说就是嘛,借用一下可以吗?就开始解自己的鞋带。

老师在家也是穿着一双旧的茶色皮鞋。风子拿出了一双拖鞋给我换上。

"哎呀，这个真好啊。"

老师穿上我的长靴，在地上走了走。很明显，我的脚太大，老师穿上我的鞋子，看上去就像是小孩子穿着父亲的鞋走路一样。那样子很是滑稽。要是在头上再戴上一个头巾的话，完全就是个小红帽啦。

"很适合您哦。"

我说。

"啊？是吗？"

老师开心地把鞋脱下来。正好这时候，素面也捞上来了。风子把煮面的热汤倒进水槽的瞬间，哗的一下腾起一片热气。厨房的角角落落，在这片热气中都体现着老师独特的审美。

"趁面没有坨，赶紧吃吧。"

风子叫我们入席了。好像还专门给我准备了把椅子。桌边围着三把完全不同的三角椅。

驰走面，面如其名，薄薄的煎蛋配上葫芦条、芝士焗虾、秋葵，汇聚了五颜六色。单单看到这样的色彩，都觉得心情好了。虽然平时也吃素面，但是这个真的不一样。以前从未感觉到素面还有味道，但是今天吃的，素面本身的味道都原原本本地保留着。

"真好吃啊。"

我中途放下筷子，轻声说。

"大家一起吃饭，就会格外香吧。"

老师和蔼地微笑着。看着她的侧颜，风子也莞尔一笑。刚才还在老师肩头的末广，不知道什么时候不见了，也许是规定了不让末广同席吃饭吧。

饭后，走到阳光房。喝着老师泡的奶茶，欣赏着雨雾氤氲的院子。植物们都美美地享受着雨水的洗礼。我想，这个院子肯定是根据老师的审美标准严格修建的，每天都在老师的关爱下被打理得好好的。

"这个点心，很好吃啊，是哪家的？"

风子一只手掩着嘴问。老师从刚才就一直扭头看着身后的院子。肩膀上，末广又站了上去。

"我家附近有个年轻男孩子，自己做了卖的。这个香草味牛角包是欧洲的传统甜点。说是照着新月的形状做的。"

我也拿起一个自己带过来的牛角包吃了起来。

就像蘑菇悄然钻出地面一样，末广看起来也让人觉得像是从老师肩头萌生的不可思议的生物一样。这么看的话，老师和末广，简直就是一心同体啊。我发现，即便末广在旁边，我也不再害怕得心突突直跳了。

那天，老师话不多，就好像在用暗号静静地和空气、土壤、植物交流。我不想打扰老师，就让她这样安安静静地待着吧。风子似乎也跟我有同样的想法。老师比平时还要寡言，但绝不是因为伤心，相反，看上去很幸福。

这次没忘记拿老师的画作。从老师家出来，我叫了出租车回公司，以免淋湿了画。

这次,老师画的是桃子和玉米,与夏季刊的主题很吻合。桃子的表面,画着一只蚂蚁。鼻子一凑近画面,好像就能嗅到淡淡的清甜香味飘过来,用手指碰一下,感觉汗毛都在隐隐作痛。玉米也一样,纤细的笔触把每一根须都画了出来。

我已经开始迫不及待地想要去拿下次的作品了。真的是掰着手指想快点儿过完三个月,期待着再去老师家拜访。

然而,接下来的八月份的访问取消了。好像是老师身体状况突然恶化了。风子说作品已经完成了,她送到公司来。

但是那样太不好意思了,所以就决定在老师家附近和风子见个面。只是,老师家附近都是住宅区,没一家像样的店,最终还是定在车站附近的老咖啡店碰面。

风子比我先到。因为一直都是在老师家里见面,所以,一开始,我没有发现窗边拘谨地坐着的与平时风格迥异的贵妇人就是风子。

"让您久等了,不好意思。"

我走上前去,风子端着茶杯,微微一笑。夕阳色的红茶里,泡着圆圆的柠檬切片,就像盛夏的太阳一样。

"没关系。津野田小姐喝什么?"

"嗯——,我也要跟您一样的吧。"

除了老师泡的奶茶外,其他的我都喝不习惯。

等红茶的空当，我把想要给老师的礼物递给了风子。是一枚旧串珠做的小鸟胸针。今年夏天，我和妹妹去意大利旅行的时候，在威尼斯的一家精品店里发现的。紧接着，把当时一起买给风子的礼物也递了过去。给风子选的是比老师的稍微小一点的树叶形状的项链。

喝了一口服务员送来的红茶。窗外，已经乌云密布，马上就要下雨。

风子好像没有多少时间。说是医生傍晚会来家里看老师的情况，她要赶回去。我很担心，不由得问起老师的情况。但是风子都含混其词，搪塞过去了。

风子说："我觉得只是感冒了。老师之前一直在全身心投入地工作嘛。"

我把老师画的画拿了过来，以免忘记。

又过了一会儿，风子跟我讲了她和老师的过往。我原本就觉得两人很像，果然听说她们两人还有血缘关系。风子说她们从出生开始就一直来往了。说这些的时候，风子的表情中流淌着满满的自豪。想想老师和风子出生的那个时代，肯定经历了一言难尽的苦楚。但是，两人都没有提及曾经的辛苦，而是优雅、美好地生活着。老师的生活方式，就说明了一切。

谈到老师画作的魅力，我说：

"我特别喜欢老师描绘的画面。"

风子像是看着天上的乌云似的，抬头说道：

"但是，画到最高境界，就是地狱呀。"

"地狱？"

真是令我意外的一个词。

"是的。创作的人可能大都如此吧，苦恼不已、呕心沥血，真的是拿命在拼，最终才能完成经得住岁月审视的优美画作。我没办法帮她创作，能做的，只是远远地看着，我真的想走近老师还有老师的绘画世界。我知道自己碍手碍脚的，可还是想要帮帮忙。老师现在这个样子，都是因为她谨慎、认真。"

老师和风子认识了那么久，两人看上去却不是那么亲近，这点令我惊讶。两人的举止，有时候甚至就像是昨天才认识的关系一样。完全没有对彼此的依赖。我告诉风子我的这种感觉，她解释道：

"我们十几岁的时候，就发过誓，互不干涉彼此的过去未来。所以，当我说要嫁到秋田的时候，周围的人都强烈反对，只有老师鼓励我说，阿风你想去的话，就去吧。"

"过去未来"。

不加音调这样直接读的话，感觉就像是古代某个厉害的武士的名字。

"总之，迄今为止走过的路和接下来要走下去的路，就叫过去和未来吧。

"美步子老师非常在意这一点啊。在这个世界上，她独自一人面对一切，建立自己的世界，这是那些拖拖拉拉没有毅力的人做不到的。年轻时，美步子老师经历了很多比现在还糟心的事情，正因为这样，她才能对别人温柔。"

这么一说，回想起来，我去老师家里拜访的时候，最先劝我吃乌冬面的，也是美步子老师。

"您时间没关系吗？"

我忽然意识到这个问题，赶紧问。

"哎呀！"

风子看着表盘上的数字，一脸惊讶。一过了盂兰盆节，太阳就突然落得早了，外面已经是薄暮时分了。

"和年轻人说话有趣，时间就过得快啊。我这就得走了。"

风子站了起来。

"这个，方便的话，麻烦您给老师。"

我把手伸进大衣口袋，拿出今天早上上班路上捡到的橡树果实。我也不知道这个季节怎么会有这东西，青翠的五个果实连成一串，就像点心一样团抱在一起咕噜一下落下来了。自从认识了老师，我早上总是下意识地穿过公园去车站，虽然有点绕路。

"啊，老师最喜欢这种东西了，看到这个，身体一定会好起来。"

风子像对待贵重的宝物一样，把我递过去的橡木果实捧在手心里仔细看着。其实，刚才喝柠檬茶的时候我还在犹豫要不要给呢。有些担心把这么孩子气的东西给老师会不会有些不礼貌。现在看来，似乎是杞人忧天了。

"我收下了。"

风子轻轻地拿起来，用旁边的餐巾纸好好地包起来，放到包里。最后，风子先一步去了收银台，把我们两人的茶钱都付了。

分别的时候，风子说：

"美步子今天没能见到津野田小姐，非常遗憾，她说下次一定见面。"

就算只是社交辞令，我听了也很开心。没能见到老师，我也觉得有些失落。在意大利旅行的时候，我就曾数次念及老师。

"祝愿老师早日康复。"

说完，我行了个礼，就朝着车站进票口走去了。风子一动不动地目送着我。

然而，我没想到的是，老师竟然那么欣喜。

在车站跟前的咖啡馆见过风子后过了一周，老师给我寄来一张明信片，上面画着我给的橡木果实。老师的喜悦之情远胜于语言，直抵我心间。

真想早点见到老师。就算见了老师，我肯定又会跟失心疯一样地犯错，但是，只要在老师身边，就莫名地心境平和。就像是记起一件曾经忘了的重要的事情一样安心。

但是，好不容易老师康复了，接下来十一月的访问，却因为我的行程不凑巧而没能成行。那天我要出差，所以只好拜托后辈去取插画。听说后辈也喝了老师泡的好喝的奶茶。我心里深深地懊悔，没能见到老师和风子。

意想不到的是，十一月末，我收到了圣诞会的邀请函。

是风子往公司发的传真。上面说因为要交换礼物，所以请各自带一千日元以内的礼物参加。为了方便大家相聚，就定在了离圣诞比较近的周六中午举办。我立刻选了"参加"选项，用传真回了信。

圣诞会办得真是不错。

阳光房的一角立着一棵高大的冷杉，上面装饰着五光十色的装饰品，这些都是老师亲手做的。房子的角角落落都装饰着红色的天鹅绒丝带，简直像是迷失在了仙境一样。

我原以为肯定会有很多人参加呢，结果，除了老师、风子、末广和我之外，参加者还有两个小孩子，连小动物在内是六个，只算人的话仅仅五人。

听说两个小孩子是住在附近、跟老师关系比较好的。一个是上四年级的很精神的男孩，另一个是明年才上小学的可爱女孩子。

大家先一起干杯庆祝。大人喝皇家基尔鸡尾酒，小孩喝果汁。我们一边吃着风子特制的奶汁烤通心粉、炸牛肉饼、萝卜沙拉，一边热火朝天地聊着。我原以为老师不怎么喜欢小孩子。但是，似乎只是我的误解罢了。

那个叫花花的小女孩，紧紧伏在老师膝上不肯离去。叫陆介的调皮男孩子也是，目光炯炯有神地跟老师聊着天。风子看上去也比平日里放松，很开心的样子。

风子说让人从秋田当地的酒窖寄来了日本酒，于是就把原来的鸡尾酒换掉，开始喝这个了。风子就像喝水一样，咕嘟咕嘟几下，一杯见底。

老师虽然看起来脸色有些差，但是似乎也康复了。在花花的央求下，和我们一起玩游戏，还和陆介一起表演了绕口令。风子在厨房与客厅间不停地穿梭，身上的和服裙摆优雅地错开，我拿着的杯子上雕刻的苜蓿图案，在暖炉的火光映衬下，泛着金色的光辉。

因为从中午就开始一直喝，酒劲也许起了作用，我壮起胆子，第一次触摸了末广。我伸出手指，末广就从陆介手上跳到我手上。让我惊讶的是，它比看起来要轻得多。不过，我模仿老师平时的样子，挠挠它的头，它就突然嘴巴张成菱形，眼睛往上瞅。

"这个啊，挠的地方不对。"

看到这情形，老师轻声告诉我。

"再往前挠一点，它很高兴的。"

老师喝的是红酒。总觉得，老师很适合红酒，很优雅。

然后，末广在我手上大便了。它双腿就像是踩在地垫上似的动了动，似乎在思考，几秒后，就掉下来一大块鸟粪。不过，不可思议的是，我居然不觉得脏。花花凑过来说想看看末广的粪便，我就直接把末广递到了她手里，然后去老师家的洗手间去洗洗手。

果然，洗手间也很雅致，月亮和星星形状的彩色玻璃里，流转着柠檬色的光。真是世间独一无二。

摸瞎、捉迷藏、跳绳等游戏都玩了个遍，仿佛大家都变成了三岁的小孩子。闭上眼唱着圣诞歌，传递并且交换了礼物。我的礼物传给了花花，收到是风子送的礼物。她准备的是一个手工的荷包。

之后，喝了老师给我们泡的奶茶，还吃了风子精心备料、亲手做的德式水果蛋糕。老师没有喝奶茶，而是继续喝着红酒。

风子似乎有些醉了，给我们弹了津轻三弦，据说是丈夫去世后她才开始学的。两个小孩子很兴奋，我和老师都没认真听。津轻三弦质朴、悠扬的沉重音色，直达五脏六腑，让人不禁想象到风子所经历的人生的残酷。

所有的一切，真的都很精彩。我大吃、大喝、大笑，心里祈祷着这个圣诞会能永远继续下去就好了。明天、后天，想要就这样和大家相见、生活在同一屋檐下。

结果，这却是和老师最后一次见面。

过了年，到了二月，又是该去取画的时候，老师的身体状况再次恶化。我没能直接去看她，跟风子也只是在碰面的地方说上两三句话，就匆匆分别了。那段时间，风子住进了老师家里，一直在照顾着老师。

即便如此，随着春天将近，听说老师有好转的趋势。但是，樱花凋零，新叶萌芽的时候，老师的生命之门却关闭了。

老师的遗言是，到了五月，请参加圣诞会的那些成员聚集在老师家里开送别会。只是，当初的人里，唯有老师一人，没有了呼吸。

这是一场虽然伤心但却很幸福的告别会。遗像用的是老师的自画像。肩膀上,末广稳稳地站着。没有请僧人来念经,也没有请教会的神父念《圣经》,这是老师独创的送别会。

"请来参加我的送别会,就像到你喜欢的餐厅去一样。"这是老师发来的信息。老师对自己的身后事做了细致的安排,不麻烦别人,全部都自己安排好。连送别会的邀请函,都是老师自己写的。

"我觉得,美步子老师的死期,大概是她自己决定的。"

风子在厨房泡着茶说道。

"嗯?"

可是,老师并不是会自己主动放弃生命的那种人。大概是感觉到了我的不安,风子接着补充说:

"像我这样的普通人虽然不太懂,但是到了老师这么高的修为的话,我总觉得她会不会对自己说明天不能死。老师她……"

说到这里,风子像是崩溃了似的蹲下去哭了起来。

"你看,她自己穿好衣服,躺在床上,好像是算好了我周一来的时间。枕边放着速写本,上面写好了一切。葬礼都请谁,想要什么花装饰之类的。一切都做好了准备。"

我想要暂且平复下风子的心情,就架着她走到阳光房。

房间的一角,花花和陆介两人,正并排看着老师的面庞。

"那之前的一天怎么样呢?"

如果是在没有一个人发现的状况下,老师就这样过了几天的话,我觉得就有点难受了。

"精神似乎很好。最近，老师的脾气多少有点冲，我很担心，所以每天晚上，估摸着她吃完晚饭的时候都会打个电话过来。那个周日也跟平时一样在电话里说话的。"

"没有什么异常吗？"

我最想了解老师当时的状况。

"对了，最后，老师说'阿凤，一直以来谢谢你的照顾'。接着还说，'广玉兰快开花了'。这些就是老师最后的话。"

风子望着院子，用手绢擦着眼泪。

"那棵树，那棵广玉兰，是老师最喜欢的。所以，她一定是……"

也许，老师是选在广玉兰的花开得最美的时候，启程去天堂的吧。我是这么认为的。老师有可能这样做。

说到这里，突然想起，有一次老师曾说过，下次，广玉兰花开的时候，欢迎你来观赏。

当时，连广玉兰这种树我都不知道是什么树呢。现在，老师让那么无知的我看到了广玉兰的花。

老师留给了我一封信和很多张画。虽然她不在了，但为了不让我们措手不及陷入混乱，老师提前画好了封面插图。还有，很多以前的草图。为了完成每一幅作品，老师真的是呕心沥血，不断努力创作。老师直到去世，都没有放弃生命。

我跟老师直接见面的次数，细数下来，就只有前年年底过来问候的时候，去年二月初来老师家取画还吃了咖喱乌冬的时候，初夏一起吃驰走面的时候，还有最后的圣诞会，总共只有四次。但是，面对老师的离开，我却有一种被无边的黑暗包围住的感觉。就像是失去了以为能够一起共度人生、不可替代的重要的人一样。

直到现在我才明白，不知不觉间，老师深深影响了我的人生。真的好想跟老师表达我心中的感谢。

老师写给我的信，开头就是"对不起"。"你问我末广名字的由来的时候，我还是撒了谎。其实，末广这个名字，是我人生中唯一一次爱过的男性的名字。"

接着写道："末广，就拜托给你了。能不能请你来当末广的监护人呢？"

老师生前，连末广的归宿都想到了。她枕边放着的速写本，最后一页也是画着末广的草图。

"也许，小美直到咽气前，都还在画着末广的画呢。"

风子已经不再称呼美步子老师，而是回到了她们儿时的称呼了。

"我的日子也不长了，她肯定是想把末广托付给年轻的你。"

阿风小声地哭着说。声音和老师一模一样。

从那以后，末广就和我生活在一起。虽然我不能像老师那样一直和它在一起，但是我像老师做的那样，和它建立一种愉快的、不即不离的关系。

以前在老师家里，末广自由地飞来飞去。夏初我去拜访的时候，曾经有一次问过老师，就这样开着窗户不担心吗？因为老师家里明明养着鸟,却还开着窗户。

老师却干脆地回答说,没关系啊,末广本来就是在天空自由飞翔的。

如果末广想要从这里出去,那就到时候再说。我们相聚的时光,不过转瞬即逝罢了。

听老师这么说过,所以,我成为末广监护人的时候,是有一瞬间犹豫的。心想,我把它再放回到天上去会不会比较好呢。但是,终究没能做到。因为末广身上,有老师的气息。

末广住进鸟笼里,过得悠然自得。我也放进去一只母的鸡尾鹦鹉跟它同住,但是似乎不太投缘,末广根本不感兴趣。它好像也受老师性格的影响了,给人感觉也是那种独居型的。

原想着结了婚就果断辞职,但是我却一直都在工作,和老师的相遇,改变了我的想法。因为我们夫妻都在工作,平时不怎么能说上话。不过,我那快要两岁的女儿,倒是成了末广不错的玩伴。我希望她能像老师一样,向前看,跟随自己的步伐过自己的人生。还有,我肚子里已经怀了第二个孩子,总觉得这是个男孩。

在我的人生路上,有人在前方指引着我。她用自己纤细的身体,正慢慢地,一步一步,优美地迈着步伐。她,让我受益匪浅。

借花献佛、烤棉花糖、过去未来、广玉兰,还有其他很多、很多。

※※※※

翼明明是那么期待看夜间的濑户大桥的,可是一上卧铺,躺下后就很快睡着了。我们是回妻子的老家——松山来参加姐姐三周年的法事的。跟亲戚们吃完饭,就直接穿着丧服奔到予赞线①,最终勉勉强强赶上九点半从松山出发的火车。是翼强烈要求坐卧铺回去的,但是现在他自己却在睡梦里了。恐怕会这样一直睡到到站吧。

妻子拼命地脱下翼的鞋子,又去洗手间换了衣服回来。这次三周年法事,是给妻子的姐姐做的。

"剩下的我来吧,你也在这儿换换衣服,刷牙去吧。"

妻子在我耳边小声说着,把包里我的衣服扔了过来。

翼还没有上幼儿园,所以我们就买了双人位的包厢,原本两张铺位是有可能躺下一家三口睡的。但是,翼现在长得快。虽然是早产儿,但他出生后体重噌噌噌地长,如今已经有二十公斤,相当于中班小朋友的体重了。

旁边的其他乘客都在睡觉,我用目光跟妻子打了个招呼,拉开窗帘,走出了包厢。

不过,姐妹这种关系,真是令人觉得不可思议。

生前,看不出她们关系那么好。用妻子的话说,她俩是性格相反,长相也不一样。服装喜好、兴趣,全都不同。怎么说呢,姐姐是认真学习的优等生,妹妹是不良少年,总是做些无法对父母言明的事。虽然世间也有谈得来的关系融洽的姐妹,但妻子和她的姐姐却不怎么频繁联系,关系相当疏远。顶多也就是盂兰盆节呀、年末年初回老家的时候碰个面。

可是,自从姐姐患了乳腺癌,情况就完全变了。妻子到处找关于

---

① 日本火车线路的名字。

癌症的专业书，连孩子都扔在一边不管了。只要听说有效，什么无农药蔬菜啊酵素啊，都会寄给姐姐。自从姐姐住进疗养所，妻子每周都一定要花上一天时间，去和她见见面。

真的是意料之外。姐姐无论是怀着孕还是带孩子的时候，都干劲十足地工作着，外表看起来非常健康。然而就在生下第二个孩子之后没多久，突然查出得了乳腺癌。

手术切除后，也曾康复过一段时间，但是，很快就复发了。当时，发现癌细胞已经转移到其他部位，无力回天了。最终，姐姐住进了家附近的疗养院，在那儿静养了一段时间后，在家人的看护下，去世了。年仅三十三岁。

看着阴阳两隔的姐妹，我不由得想：姐妹之间，也许有着他人无法插足的紧密关系。或许，这片领地连父母都踏不进去。

今天也是，妻子看着姐姐的遗像，潸然泪下。她们的父母，虽然觉得苍老了很多，但也没有流泪。

妻子也快到姐姐去世时候的年纪了。明明生前一点都不像的两个人，现在看看姐姐的遗像，再看一下盯着照片的妻子，简直就像是同一个人。说实话，看着那情形，我鸡皮疙瘩都起来了。

我换上针织衫，又去了洗手间。不知哪个包厢已经响起了鼾声。这趟列车，我去外地出差的时候偶尔坐过，全家一起坐这趟车，还是第一次。到了深夜，连报站广播都停了。明早一下车就要去公司上班，我想在车上小憩一会儿。

回到我们自己的包厢的时候，妻子还没睡，她穿着外套躺着，眼睛却睁得大大的。

"睡不着？"

"刚才在电车里好好睡了会儿了。"

我们两人压低了声音说着话。我也躺到妻子身边。

因为这是差不多被称为大杂铺的最便宜的车厢，我之前还担心真的会很差，但是实际睡在上面感觉还不错。当然，能感觉到列车的晃动，不过，这一点，什么等级的列车都一样吧。

"冬马比之前长高了点呢。"

"还是没有翼高。"

姐姐留下的小儿子，比翼大一岁，好像明年就上小学了。但是，跟有些壮硕的翼相比，冬马看起来更小些。那孩子也越来越像他父亲达彦了。冬马，恐怕已经不记得和母亲在一起的日子了。

妻子翻了个身，趴在铺上，我也跟着换了换姿势，趴着看窗外的景色。窗外，几乎只能看到黑暗的夜色。

"可是，也有点儿太快了吧？"

我立刻明白妻子说的是什么。听说达彦要再婚了。虽然并不是直接听他本人说的，而是从妻子的母亲那里得到的消息，但是肯定是没错的。据说姐姐和达彦是高中同级同学。两个人从那时开始谈恋爱，历尽曲折，才终于修成正果。

不过，我也并非不懂达彦的心情。为了不招致妻子的反感，我谨慎地斟酌着措辞。

"达彦也有他的苦衷吧？虽说有周围的人帮忙，但是一个男人自己抚养孩子，肯定还是很吃力的啊。"

我和达彦同岁。有些事即便不说也能理解。

翼是我和妻子一起照顾的，即便这样每天也都跟打仗一样。更何况单亲父亲独自带两个孩子，真的无法想象。虽说他的孩子们不像翼这么烦神，但哪怕只是想象一下让我和达彦换换，我都不寒而栗。大概再婚，对方也不会差到哪里去，他也许是出于对孩子未来的考量才做出这样的选择吧。

但是，妻子似乎怎么都接受不了。对于亲妹妹来说，不是那么容易就冷静下来的吧。她的心情，我也多少能够想象得到。

"就算这样，才过了两年而已。我觉得姐姐太可怜了。"

说到这里，妻子的目光转向了朦朦胧胧的夜色。姐姐病倒之前，妻子还都是直呼其名，如今，就只喊"姐姐"了。我能做的，只不过是用手拭去她的泪水而已。对于只有兄弟的我来说，姐妹关系真是捉摸不透。

"不过，还有件事啊……"

妻子叹着气支支吾吾。我也是，从刚才就一直在脑子里想这件事。

"问题是，翼是什么反应，对吧。"

现在，翼还抱着从家里带来的小鸟玩偶睡觉呢，说是用它代替小末。小末本是姐姐养的一只鸡尾鹦鹉。听妻子说，是工作上关照过姐姐的人托付的。姐姐说暂放在我们这里。但是，生病辞职住进疗养院之后，姐姐决定对小末放手了。大概也是考虑到自己去世之后的安排吧。

姐姐是个机敏的人，也许不想再给达彦增加负担吧，才把她视为珍宝的小鸟交给了妹妹。妻子一次又一次地把小末放进一个小笼子里，带到疗养院和姐姐见面。不可思议的是，姐姐一看到小末，痛苦似乎就能得以缓解，又恢复到她平日里健康时的祥和表情。

姐姐和她的长女美幸原来一起不辞辛苦地照顾小末。所以，只要一到长假，美幸就会来我家。

在我家，美幸真的是一整天一整天地和小末玩耍。

她跟翼是表亲，对于独生子的翼来说，美幸的到来，就像是有了个限时的姐姐一样，他非常开心。妻子也很牵挂这个从小就失去母亲的外甥女，简直就像是真正的母女一样和美幸相处。两人一起做菜，一起去购物，还一起泡澡。

这次，时隔几个月见到幸美，她已经八岁了，完全长成了大人。聪明伶俐的样子，和姐姐小时候一模一样。

"可是……"

妻子依然盯着夜幕，嘀嘀咕咕，脸上的泪水已经干了。

"到现在才跟我们说要回去，真是……"

我非常清楚妻子的心情。就算小末以前是姐姐的，但是它现在已经成了我家重要的家庭成员了。对妻子来说，它就是姐姐的替身。

我也一样，很难轻易放手说送回去吧。并且，现在翼非常疼爱它。

就连这次离开家,来妻子的娘家住三天两晚,都不愿意和小末分开。现在更是拿着替代小末的小鸟玩偶不放手。

"该怎么办啊?"

我看着翼熟睡的脸,低低叹息。

"不过,要是想想小美和冬马啊……"

"别吵了!安静点!"

妻子正说着,对面包厢响起了一个男人的怒吼。

好像不知不觉我俩声音大了。妻子调皮地吐了吐舌头。三十多岁了,妻子还是跟小孩子一样,一挨了训就可怜兮兮的。

我学着妻子的样子,也仰面躺着,伸出手去摸索妻子的手。就这样和妻子十指相扣,闭上了眼睛。意外的是,睡意就这么袭来了。

再次睁开眼,天已经快要亮了。再过三十分钟我们就要到站了。我拖着沉重的身体挣扎着起来。

果然,翼大发雷霆。

一跟他说要把小末送回到冬马和美幸姐姐的新家,他就像是被火烧了一样开始大哭,翼就是这一点,让人没辙。我们虽然没有想要溺爱他,但是凡事一不合他的意,他就倔强地不听别人说话。

"下次,你去他们家玩不也可以吗?"

妻子想要安慰他,他却一把推开妻子的手,接着又把我当成标靶,用尽全力把小鸟玩偶扔过来。

小鸟的嘴,准确无误地命中了我的头。

"我不要，我不要，就——是不——要！"

石子般的大颗泪珠扑扑簌簌地从翼小小的眼睛里落下来。我也很难过。翼，请理解爸爸。我在心里说。可是翼却完全不理会，在地上蜷缩着哭泣。

"我最——讨——厌爸爸！"

翼声嘶力竭地喊着，声音大得几乎要让全世界都听到。

最后，他许是哭累了吧，就直接躺在地上睡着了。

可是，翼的那句话，像是一根刺扎进了我心里，拔不出来。

我真的希望翼能理解。

但是，从那以后，翼就不怎么和我讲话。妻子说是我想多了。但是，翼很明显地在躲我。还一直拒绝和我一起泡澡。

妻子还在一直努力想办法说服翼。我们不想让翼觉得父母硬生生地从他手里把小末夺走。接连几日，都在拼命进行劝说战。

然而，任凭妻子使尽各种招数，我似乎都没听到翼说过一句"放了吧"。

"爸爸再给你买只其他鸟啊。"

我无意中说了这样一句话，结果火上浇油，更招反感。

不光是翼，连妻子对我这句话都很反感。为什么男性这种生物，就不善于揣摩对方的心理活动呢？

"我不要什么和小末一样的鸟！"

翼哭喊着，妻子也挖苦讽刺地说，反正她死了的话，我也跟达彦一样会赶紧再婚的吧。后来我也反省,那句话确实很轻率。

既然翼这么固执己见,我们也不能操之过急了。

为了让翼觉得是既成事实,妻子故意在打给美幸的电话里说要把小末送回去,美幸听了好像非常开心。这也很正常。冬马虽然对母亲几乎没有印象,但是美幸都记得。看到不断消瘦的母亲,对幼小的美幸来说,肯定特别残酷。姐姐去世的时候,美幸正是要上小学的年龄。

对美幸而言,和母亲在一起的幸福记忆为数不多,但是小末能够让她想起这些。或许小末之于她,就是母亲本身。面对新妈妈到来,新生活开始的时候,如果小末能在身边的话,美幸心里多少会有点底吧。现在,美幸比我们更需要小末。

就这样一点一点地不断用积极的情绪感染自己,我们两个大人接受了把小鸟送回去的事实。但是,对于才四岁的翼,依然是不起作用的。

终于,明天达彦就要带着家人来沼津了,翼却依然气得腮帮鼓鼓的。

"翼,你看啊,明天,美幸姐姐和冬马大老远地专程来接小末了哦。"

妻子大概是想尽量减轻对翼的愧疚感吧,餐桌上堆满了孩子喜欢吃的东西。翼依然是闹着情绪,一脸不高兴地爬上自己的专用安全座椅。

"今天,也让小末跟我们一起吃饭吧。"

我把小末的笼子拿到了桌旁,平时都是放在鞋柜上面的。妻子开了瓶白葡萄酒,我也打算陪她喝一杯。今晚,我们给小末开送别会。

虽然翼一开始板着脸,可是一坐到满是肉的餐桌跟前,好像立刻心情大好。让人头疼的是,翼光爱吃肉,几乎不怎么吃菜。他特别喜欢火腿、香肠。妻子买回来的成人吃的昂贵的生火腿,也眨眼工夫就被他吃掉了。

"明天,他会带个什么样的人来呢?"

妻子喝了口酒,有点儿使坏似的说。

自从聊过达彦的话题,妻子都刻意地避开说达彦的名字。明天,达彦要带新夫人过来,说是顺便来问候一下。

小末像是突然想起来一样,说着"欢迎回家"。好像是姐姐第二次手术结束回家之后,瞒着家人偷偷教会小末的。她大概是察觉出自己不久的将来就会不在这个家里了,想让小末代替自己,跟家人说"欢迎回家"吧。

几乎就在姐姐住进疗养院的同时,小末学会了说"欢迎回家"。只是,最终,小末都没能迎来对姐姐说"欢迎回家"的那一天。本来,姐姐自己肯定是最希望看到这一幕的。

所以每次听到小末说"欢迎回家"的时候,我和妻子都会有些悲伤。

不过,除了偶尔会说句"欢迎回家"外,它几乎不怎么说其他的话。有时候也会旁若无人地小声自言自语,有时候一边说着话一边向上挥动着翅膀。周围没人的时候,还会心情不错地唱唱歌。唱的内容虽然莫名其妙,但明显比平时的叫声音调高些,听起来是很欢快的曲子。

挠挠它的头,它就会很开心。妻子把这个叫挠痒痒。只要听到妻子说"挠痒痒",小末就会迈着小碎步走近,低下头似乎在催促着"快点快点"。这个时候的小末,眼睛眯着,看上去心情很好的样子。这就叫"心醉神迷"吧。

想着小末的种种,不觉泪流不止。我正要伸出手指到镜片后面准备擦眼泪——"啊,爸爸在哭!"嘴里塞满了汉堡的翼指着我大声说。孩子还真是不留情面啊。

"没事儿吧?"

妻子担心地看着我。

"这种时候还有花粉飘着吗?"

我找了个恰当的理由,擦了擦眼角。

"不是的,爸爸是因为要和小末分开了,难过,才哭的。"

猜对了。越看小末,我的泪越是往上涌。

双手抱在脑后,我想到姐姐患病后的苦闷、去世时的悲伤、人生的无常,那之后和小末一起度过的整整两年里小小的幸福,这些都重叠、交织在我脑海里。

越想,泪水越是止不住。

我看着翼,点了点头。翼很久没有这么坦诚地看着我了。这是我们和好的最好时机。我不想撒谎。

"那,我就不哭了。要是我们大家都哭的话,小末肯定也会伤心的。"

的确,翼说得对。

"不过,妈妈,我还能再吃一个汉堡吗?"

我被翼的食欲惊到了,但同时也感慨我们有个好孩子。我们都不是那么优秀的父母。也许,是小末教翼学会体贴的。

妻子大概是察觉到我的心情了，轻抚着我的背。我把妻子未能流出的泪水，也一并哭了出来。背上抚摸着的那双手，就跟挠小末的时候一样温暖。

第二天，达彦就带着美幸、冬马和新夫人一起来了。

"为什么要再找个一模一样的人在一起呢？"

送走他们一家四口和小末，妻子立即说道。翼还在追着小末乘坐的四轮车，不知道要一直追到哪里。

"有那么像吗？"

妻子说的，是达彦带来的新夫人。不过，妻子嘴里虽然说着不满的话，内心好像也很高兴。

"什么都像啊，她跟姐姐不是完全一样吗？高个子、长头发、双眼皮，连血型都是一样的不是吗？"

高个子长头发双眼皮的 A 型血女性，仅仅这个城市里也有很多吧。不过，我现在还是不要这么咬文嚼字了。反过来，我这样安慰妻子：

"达彦曾经是那么喜欢姐姐。姐姐走了，留下他一个人，他肯定特别孤单。"

但是妻子却说："可是也未免……"

说到一半，意味深长地叹了口气。

翼走向我们，说要去公园。

"但是，孩子们很适应啊。原来还担心美幸来着，可是她看上去很幸福啊。"

美幸一再向我们行礼，很宝贝地把装小末的笼子抱在胸前。那位家庭新成员，一直用母亲般的眼神看着她。据说是冬马所在幼儿园的老师。

"要说是亲生的，别人也相信吧。"

"是的，绝对看不出来，看上去就像是真正的一家人呢。"

跟在翼身后，我们朝着附近的儿童公园走去。树上圆溜溜的柿子，像电灯泡在闪亮。

"姐姐在天上会怎么想呢？"

妻子望着澄澈的天空，低声念叨着。

"大概，会很高兴吧。因为，她希望自己爱着的人都能幸福地生活。"

如果是我，也会这么想的吧。比起妻子和翼每日泪水洗面度日，我更希望他们开心地笑着活下去。

"是吗？也许是吧。"

妻子嘀咕着，牵起我的手，又开始走起来。只是，我们又回到了一家三口的生活。

但是，我愕然发现，小末的影响如此之大。确实，没有任何其他鸟跟小末是一样的。从刚才起就有几只乌鸦在上空叫着，似乎在嘲笑我的愚钝。

"爸爸，我们赛跑吧。预——备，跑！"

翼突然就跑了出去。我在后面拼命地追。身后，传来了妻子的笑声。

※※※※

我牵着比我年龄大得多的哥哥的手,正在上坡的时候,看到女孩从窗户里伸出了手。必须得赶紧逃到高岗上去。噩梦,掠过我的脑海。

"哥哥,快,加油!"

我不想催他,但不催不行。一着急,我还是紧紧地攥住了哥哥的手。说不定什么时候就来一次剧烈晃动。要是比刚才还严重的话,这个镇子大概会被大海吞噬得片甲不留吧。

"哥哥!"

我回头看了看行动迟缓的哥哥,他正指着窗边。是的,那里住着最近刚搬来的一家人。好像女主人已经怀孕了。

小姑娘,你也快点逃跑!

想开口喊,又闭上了嘴。

女孩的手在空中像花一样绽放,瞬间,从她的掌心向外飞出一片黄色。

"魔法,魔法。"

哥哥把魔法这个词重复了两遍。

女孩手里放出来的,是一只鸟。那只小鸟像是被天空吸上去似的,笔直地飞向上空,一眨眼就不见了。真的是一瞬间的事。

我回过神来,冲女孩喊:

"快逃,我们现在要去高岗避难,你要愿意的话就一起去……"

虽然住在同一条街上,我还是第一次跟这个女孩说话。想喊她的名字来着,可是我还不知道她叫什么。"

就在我们在坡道上站着的当口,已经有很多人从后面追了过来。回首看去,海面似乎比刚才又涨上来一些。女孩大概察觉到危险了,所以才把自己养的鸟放走吧。

"可是,我妈妈她……"

女孩从窗户里探出头,目光四处游走。

"快、快!"

哥哥结结巴巴地冲着小女孩喊。

我们也不能就这么待着了。哥哥只会慢慢地走。要背着六十公斤重的他爬上山,对我来说,还是很难的。

"无论如何都得快点逃!这里危险!"

我紧紧握着哥哥的手,希望女孩能感受到这是真的。哥哥终于开始上了台阶。太好了。他刚才停下来的时候,我一直担心呢,要是他不想走,就是千斤顶也推不动他。

我们只穿着身上的衣服,其他什么都没带就从家里飞奔出来了。这是个沿海的镇子,位于海湾边,所以海啸到这里就会更凶猛。只要一地震,就一定要熄了火逃到高岗上去——这是已经去世的母亲告诉我的。母亲一个人把我们兄妹养大。小时候,母亲的哥哥就在海啸中丧生了。

母亲在水产品加工场工作,她的手总是冰凉得像是麻木了一样。但是,那种冰冷,对于我和哥哥而言,是一种温暖。晚饭后,我们经常在沿海的路上悠闲地散散步。把母亲夹在中间,我和哥哥在两边分别攥着母亲的手走路，很幸福。也正是这片大海，正在袭击着我们生活的城市。

母亲去世的时候，曾和我约定过，要我一辈子都陪在哥哥身边，守护他到最后。

自出生起，哥哥说的话、发出的声音，只有他自己能懂。但是母亲却非常疼爱哥哥，就像是耐心地对待从异国他乡漂流到这里的客人一样，并且，一点一点地教给他在我们这个世界生活的规则。比如，如何系衬衫扣子。比如，如何剥橘子皮。比如，如何坐公交车。

有些父母，因为生下了像哥哥这样的儿子或者女儿，都会怕被别人疏远，但是母亲却毫不在意，总是很骄傲地带着哥哥一起走。正因为如此，哥哥如今才能这样。

上台阶时，仔细一听，听到哥哥在数数。

"一——二——三——四——"

这是一起洗澡的时候，母亲教给哥哥的数字。哥哥的世界里，数字只到四。就这样一步步上着台阶，我不由得感觉到母亲在背后用力地推着我们兄妹前行。

忽然，在临时作为避难所的镇立体育馆前，我看到了小女孩的身影，想起了午间的事。我记得她那张老成、聪明的侧脸。正犹豫着要不要跟她打个招呼，忖度着该说些什么好的时候，哥哥上厕所回来了。

在母亲的严格训练下，哥哥能自己去厕所了。不过，因为环境变了，我还是很担心的，还好他终于顺利地回来了。

镇上的状况还不是很清楚。无法预计波浪会吞噬掉多少东西。在万籁俱寂的夜里,所有该集合到这里的人都在吗?还有人没有来到的吗?我不想去想。总之,我已经累得筋疲力尽了。尽管如此,还是不由得想一些现在不该想的事,几乎没怎么睡着。

遇到这样的状况,我本应该把母亲和舅舅的遗像带出来的。如今,还不知道家里成了什么样子了呢。

天明时分。

哥哥说想出去。如果不带他出去,我怕他会吵嚷,所以就陪着他出去了。天空已经开始泛白。呼出的气息在阴沉的空气里也变白了。虽然离开家的时候匆忙间披了件羊毛夹克出来,可还是冷飕飕的。海上刮来的寒风,像是要刺穿身体一样。

"哥哥,回去吧,别感冒了。"

我说着,扯了扯哥哥衬衫的后襟。哥哥却指着天空。

"怎么了?"

只见哥哥双手展开,在模仿鸟的样子。

"鸟?有鸟吗?在哪?是不是乌鸦?"

我问。

"魔法。"

哥哥缓缓地勉强发出了声音。

"魔法?"

我又重复了一遍哥哥的话。这次,哥哥明确地指向东方的天空。他的指尖,微微颤抖。像是在拼命追寻什么轨迹。

"啊——！"

瞬间，我忍不住大声喊了出来。

一只小鸟正展开翅膀，像是等待天亮似的在空中飞舞。简直像是在广阔的天空中奋笔疾书，或者从上空往下洒什么特别的粉一样地飞着。哥哥以前就比我们的视力都好。我和母亲都看不到的极其远的东西，哥哥都能看到。这是他的特长。

"哥哥，你在这里看着，一定不要动哦。老实待着啊。"

虽然知道把哥哥一个人扔在这里很危险，可是现在只能这么做。我拼尽全力向体育馆跑去。一群彻夜工作的男人从对面走来。我轻轻地点了点头，从他们中间穿了过去。

我想告诉那个女孩。我知道那个时候她的脸颊上闪烁着泪光。在避难所里见到她时，小女孩独自一人，看起来忧心忡忡。我必须得告诉她这个消息。

刚才看到的鸟，是否就是那时女孩手里放出来的那只，我没有丝毫证据能证实。也许只是长得像，其实是别的小鸟。但是，我还是觉得肯定是。

我在心里祈祷，希望就是那只小鸟。

我悄悄地推开体育馆的门，寻找那个女孩。

我心底默默祈愿，哥哥，不要看丢了那只鸟。

リボン

第 三 章

我当然是拼了命地在找。

日复一日地到处奔走，寻找丝带。鞋底的橡胶打卷了，我却不管不顾不断地走。每天，太阳下山回到家的时候，都累得两腿发直。

也托父亲问了警察、动物保护机构。我还画了很多张丝带的画像，贴在布告栏上或者电线杆上。

也曾得到信息说有人家养的鹦鹉跟丝带相似，我就立刻去查住址、专门跑上门去看，遗憾的是，那只是跟丝带一样的黄色鹦鹉，一看就知道不是丝带。

时间越久，丝带飞得越远。所以，我想尽快找到它。我一遍又一遍地大声呼喊着丝带的名字，顺着线索走遍了公园、沿河的散步道、神社周边的树林。

转眼间夏天到了，紧接着，秋天也过去了，我依然没有要停止寻找的意思。

我手里一直握着丝带最喜欢的繁缕花束，以便随时欢迎丝带回来，也能让丝带更容易认出我来。

然而，我们已经得不到跟丝带有关的有力目击信息了。我凭借一己之力要找到丝带也很难。

我心里很难过，这是肯定的。哪怕只有一段时间，哪怕只有一次，我也想见见丝带。

比起这些，我更担心的是堇。

在一般人看来，堇是个有点儿奇怪的老太太，但是我却特别喜欢她。我们彼此视对方为推心置腹的朋友。是堇给我取了"云雀"这个名字，从我出生以来，我们就一直生活在一起。自从丝带诞生后，我和堇的直接的连接更加紧密了。

我们两人齐心协力才把丝带孵出来。丝带就是在我的手上诞生的，虽然它身体弱小，但是呱呱坠地的声音却铿锵有力。连同它在蛋壳里的时间，我们一共一起度过了半年零三周，对我而言，那段时光如宝石般珍贵。

自从丝带失踪，堇便渐渐失去了求生意志。

丝带逃走的时候，堇好像是情急之下飞奔了出来，崴了脚。她本就有关节炎，膝盖有点儿不听使唤，所以做不来那么灵敏的动作。从那以后，堇就缄默不语，面无表情。

堇日渐消沉，我凭借一己之力却很难阻止。堇就像每天在用橡皮把生命一点一点擦掉一样。堇曾经那么开心地和丝带一起戏耍，如今却不再歌唱，也不再笑，不再站起来，一步都不迈出自己的房间。这种变化显而易见。我放学回到家，悄悄地往她房间里看时，发现她每天都在床上躺着。

看着这样的堇,我惴惴不安,每晚都过得忧心忡忡。那时,我才第一次理解了要永远和堇分开的意义。无论如何,我都无法代替丝带。所以,我想早点把它带回来,把它放到堇的手里。

那年年末,堇到了靠轮椅推着才能动的地步了。和丝带在一起的时光有种过去很久了的错觉,可是,距离丝带诞生,才仅仅过了一年而已。真的是接连感受到了天堂和地狱的感觉。

结果,父母决定离开当时住的木制的老式日本房子,搬家到了郊外。

恰好是我小学毕业,要上中学的时候。或许他们也想着环境变了的话,堇就能重新打起精神来。

这次的新家是欧式的。不知道是不是考虑到堇受西方影响比较大的原因。让我开心的是,露台比以前住的稍微大了点儿,半圆形的很是可爱。

我在那里,开始上当地的中学。后来,堇在我们的新家,虽然还是靠轮椅生活,但是相当地长寿。堇房间的壁纸上,画着很多小鸟的羽毛。

我上中学之后,每次到堇的房间,大都看到她整个人躺在从原来的家里带过来的暗黄色的摇椅里,出神地望着外面。这里是郊外的新兴住宅区,还残留着很多树木,连堇房间的大窗的窗边,也布满了绿树。

我们把家里视野最好、最大、最舒适的房间给了堇。在这个房间,仔细听的话,经常能听到青蛙呀小鸟呀的叫声。附近还有峡谷,走一会儿,就能看到一条美丽的小河。

母亲换了份兼职,每周只上几天班,和帮佣轮流照顾堇。

另外，奇怪的是，自从堇开始坐轮椅，父亲就和我一样喊她"堇"。在我的记忆中，堇健健康康的时候，父母似乎对她是有些疏远的。

从学校回来，我首先会打开堇房间的门，悄悄地露个脸。那时候，做酱汤的任务，已经由母亲负责了。

"堇，今天什么鸟来玩啦？"

我走到堇身旁，在她耳边轻声问，堇就会缓缓地扭头看着我。她的膝盖上必定盖着绣有紫花地丁和云雀图案的毛毯。是母亲刚开始在这附近文化馆里的刺绣班学习刺绣时在堇的旧绒毯上绣的。

于是，堇肯定回答说："小云雀来了呀。"

我每次都忍俊不禁。

搬家之后，堇好像精神好了点儿。但是，她的笑容背后，总是有些悲戚。我心里像是扎了根刺，尽管心急如焚，可是这根刺太小，靠我自己很难拔出来。

"不是我，是真的鸟儿啊。有很多鸟来这里玩的吧？"

我看着院子，支起一条腿半蹲着，好跟堇的视线在同一高度。

不知何时，母亲在院子一角弄了个给鸟喂食的台子，所以真的有很多鸟来新家的院子里玩耍。有青鹃、黄道眉、戴菊鸟等，都是跟城市里完全不同的野鸟。

"云雀。"

堇又像以前那样安静地笑着，有些哀伤地凝望着窗外。我忽然觉得，这种时候，也许是堇还在找丝带吧，虽然她从未说出来过，但是可能内心一直在等待着。

是的,从那以后,堇一次都没有提过丝带的名字。所以,我也从未在堇面前提及丝带。这成了我们都默默遵守的一个约定。

虽说堇很难自己挪动了,但是我上中学那会儿,她的意识还是清醒的。虽然有时候也不是那么清醒,但是依然能像以前一样和我对话。堇的声音,已经融入了我的体内,我比任何人都有可能理解堇的话。堇的声音,曾经那么优美清澈,那时却嘶哑得如同蒙上了一层灰。闭上眼听的话,甚至会觉得是别人在说话。

后来,我悄悄地对堇说我也有喜欢的人了。对方是我同年级的男孩,或许我们也会两厢情悦吧。当时就是那样情窦初开的年龄。那是我的初恋。像是有一只莽撞的兔子迷路撞进我的胸膛出不来一样,我完全不知道该如何迎接这位不速之客。如果不跟人说下这种感觉的话,就会很痛苦,甚至连呼吸都不听使唤了。所以,我只跟堇一个人说了。

听了我的话,堇缓缓地说:"云雀,我呢,也曾有过喜欢的人啊。"

堇的目光穿过窗户,望向远方。正值嫩叶抽芽。刚吐出的新叶,真的像是涂了荧光涂料一样闪着耀眼的光芒。

"真的吗?"

很难立刻把堇和恋爱联系在一起。我想知道堇喜欢的是个什么样的人呢。但是,喜欢的人,对我而言与对堇来说,其分量完全不同。

那时,为了再一次学习音乐,堇去了欧洲留学。她打算把之前挣的钱都花完,所以堇到巴黎、维也纳等地的音乐大学都去学习了。除了大学里的课程，她还到处去听古典音乐课、音乐会或者夜间俱乐部的爵士演奏，亲身体会现场的原声演奏。好像她自己有时候在现场也会演唱。

和那个人的相遇，是堇最后旅居柏林的时候。

那时通过一位演奏家朋友的介绍，堇寄宿在一个公寓里。

"在波诺尔街啊。"

堇冷不丁地就说起来。

刚开始，我没听懂发音，反复问了几次。堇直接用手指在我的手心写下"Bernauer"八个罗马字母，好让我容易懂。那时，对于这条路是一个有着怎样深刻意义的地方，我还一无所知。

"他住在公寓的对面，和我这边隔着波诺尔街。"

堇用像是透过枝叶间的缝隙洒进来的阳光一样柔和的声音娓娓道来。

"是一直关照我的房东家的亲戚。柏林现在如何我不知道，当时，亲戚之间啊、死了丈夫的人和她的孩子们啊，一般都是隔着这条路住在附近，就这样一起吃饭、帮忙搬燃料，齐心协力地生活。"

堇像是走在高低起伏的路面上，时刻小心着走路一样，一点一点缓缓地说着。

有一次，在房东家开生日会，在宴会上，堇认识了他。

"堇，他叫什么名字啊？"

我迫不及待地身体前倾着问。

"叫汉斯啊。"

堇有些羞涩地告诉我。

我感觉自己像是拿着听诊器贴在堇身上一样，似乎能听到堇心中的悸动。堇把双手放到胸前，闭上眼睛，犹如抱着珍贵的宝物一般动作温柔。

汉斯好像是柏林世代相传的一家面包店的面包师。

"他烤的面包，喷香喷香的，真的非常好吃啊。好想让你也尝尝。"

堇眯着眼睛继续讲道，眼角的弧度更加明显了。她很久都没有讲这么长时间的话了。我很担心她会不会累着。不过，倒是一点儿都看不出她疲惫。堇一句接一句不断叙述着，简直像是魔术表演中不断地拿出各色各样的手帕一样。她的声音和脸颊都像是涂了明胶一样光润。

"他的手指，是很厉害的。"

堇充满自信地得意地说。但是，我很难想象，厉害的手指是指什么。是很灵巧的意思吗？我还是不清楚。

"他弹奏小提琴的手指，看起来像是在闪耀着光芒。"

面包师汉斯的爱好是弹小提琴。他有个亲戚在柏林学音乐，汉斯好像受那个人指点过。

当时，好像堇请汉斯给她伴奏，在众人面前唱了一首歌。据说汉斯对日本很感兴趣，能够用小提琴伴奏《荒城之月》。

"那个时候，我明白了什么叫心有灵犀。"

我也有喜欢的人，深切地明白这种感觉。和堇四目相对的瞬间，我有种无法抑制想要哭泣的感觉。

但是，他们两人也有语言障碍，几乎无法对话。即便如此，彼此还是相互吸引着。

一九六一年初夏，当时，堇三十多岁或者刚四十岁。那之前她一直处于特殊环境中，对堇来说，这或许是迟来的初恋。汉斯比堇年龄大，也一直单身。

只是，一九六一年，毕竟是我出生之前太久远的事，我不怎么能理解。但是在世界历史上，特别是对于柏林的人们来说，那是无法忘却的一年。那堵曾经将柏林东西分割的墙，正是建于一九六一年。

"我忘不了，是在八月十三号的黎明。"

堇在那之前的一天，也就是十二号的周六，曾去东柏林看了在那里举办的钢琴独奏音乐会。音乐会散场后，怎么都打不到出租车，那天晚上，她心情不错，于是，宁静的夜里，堇走回到了西边的公寓。

"终于走回了房间了。我很累，所以立刻就躺床上睡了。可是，外面却突然有人敲门。没办法，我起身打开一看，房东正不安地站在门口。她说外面很奇怪。房东的丈夫在战争中死了，当时公寓里只有我在，她找不到其他可以依赖的人。"

堇照着房东的吩咐，拉开窗帘看了看外面的情形。道路对面，就能看到汉斯住的公寓。但是，当时堇并没有看到他，却看到了路上有武装人员握着枪，等间距站着封锁着道路，他们面前已经布上了带刺的铁丝网。

"云雀，奇怪吧。我呢，当时还以为是在拍电影呢。"

堇静静地回忆当时的情形。她的脸上，仿佛有一道阳光射穿厚厚的云层一样，渐渐明朗起来。

"因为一瞬间不明白到底发生了什么啊。"

说到这里，堇肯定是累了吧，忽然睡着了。我悄悄地给她盖上刺着紫花地丁和云雀图案的毛毯。

刺着云雀图案的背面，用深绿色的线绣着"We love you"的英文字样。

也许，堇还没有注意到这几个字，可能以后永远也注意不到。但是，这代表了我们全家人的想法。

怕惊扰到了堇，我踮着脚走出了房间。果然是说话时间长太累了吧，堇已经发出了轻轻的鼾声。

我立刻到学校的资料室以及市立图书馆，去查当时的事情。

那个时候，柏林确实是受第二次世界大战后分割统治的影响，被分成东、西两部分。西面由美国、法国、英国的联合军队统治，东面由苏联统治。柏林这个城市就这样被分成西柏林和东柏林。

实际上，之前，东柏林的人会去西柏林上班或上学，西柏林的人也会去东柏林买东西，人们可以自由来往。电车也是横跨了东西柏林运行着。但是，正如堇说的那样，自从一九六一年八月十三日开始，去东柏林的列车，就再也没有回到西柏林。

东西两面的分界线错综复杂。农场啊、住宅区啊、某户人家的院子啊,都被毫不客气地划在"之"字形的分界线上。堇住的波诺尔街,正处于东西分割线上。

堇寄宿的公寓位于西柏林,而汉斯住的公寓位于东柏林。汉斯公寓的正大门朝着西柏林,迈进大门一步,就到东柏林了。当时就是这么滑稽的状况。

八月十三日,随着太阳升起,事态也一点点清晰。

当时,孤零零地位于东德境内的西柏林,被彻底围上了带刺铁丝,成了真正的"大陆孤岛"。为了防止东边的人们逃进去,到处都站有背着步枪的人民警察、武装劳动者团体进行监视。

堇便是被隔离在那座孤岛里的人之一。突然,第二次世界大战和柏林墙飞离了书本,走到我的人生中来了。

也许是我的追问刺激到了堇。

从那以后,堇只要见到我,就会突然开始说起那时的事情。都是一些碎片式的记忆。但是,反复听了几遍,事实就浮现出来了。堇讲到这件事,完全就像是被什么附体一样。

"警察用脏话骂着,还有人从上面吐口水,也有人扔东西。如果从西边看过去,东边就会射过来白烟灯。还有警察用镜子反射太阳光,好让西边的人无法看到东边的情形。

"我很快就到联合国求助,请他们毁掉这个带刺铁丝网。因为最初的时候,气氛还是比较祥和的,人们可以隔着铁丝网握握手、挥挥手。我当时真的太天真了。

"八月十三日之后的几天里，好多人试着越境，成功跑到西边来了。他们穿过荒地、市民的园艺农场，好像也有人是游过运河过来的。后来听说，也有负责监视的东柏林的警察，为想要越境的孩子摁下铁丝网的。只是如果被看到了的话，是不会就这么算了的。

"所以，居然不可思议地没有发生暴动。虽然总体情况还不是很清楚，但是不少人已经准确理解发生了什么。有极端乐观的人，也有极端绝望的人。

"不过，东柏林的市民中，好像也有不少人是赞同封锁的。

"东边比西边物价便宜。所以西边的人们一般都是用德国马克币到东边买东西。

"我也是。因此，我们没有意识到这可能会影响到东边人们的生活。

"那个时候，公寓朝着波诺尔街那面的窗户，从一楼开始就被砖块塞住了。那情形真的是令人厌烦啊。

"不断有人觉察出危险，从公寓楼上的窗户里跳下来。一旦知道有人要从东边跳下，西边消防队的人们就在下面铺上毯子什么的接住。有小宝宝，也有挺着大肚子的孕妇。每当有人成功，西边的人们就高声欢呼。

"真的有很多人从波诺尔街公寓的窗户里跳下来哦。但是，其中也有人失败了丢了性命的。我曾经在现场亲眼见过的。

"所以，我常常坐立不安，心想是不是汉斯跳下来了。

"我的房东希望他早一点儿逃到这边来，但是我心里并不期待。

万一失败了怎么办?那样不就白白葬送了宝贵的生命吗?我希望他不要做危险尝试。

"所以啊,我能做的,只是向神祈祷。那个时候,我还没有意识到自己的错误。

"那段时间,我就一直站在窗边,和房东轮流用望远镜观察对面。

"当时,住在波诺尔街东边的居民们,都被勒令离开公寓了。紧接着,那里所有建筑都拆除了,成了无人地带。一直以来人们居住的整洁整齐的房屋,全部都被摧毁了,让人难以置信。瞬间,之前的景色都不见了,成了一座废城。那个时候,真是恐怖极了。

"空旷的无人地带,只剩下和解教堂孤零零地立在那里。但是,就连教堂,西边居住的信徒也是去不了的,甚至连近在眼前的墓地,我们也不能去。

"我终于意识到自己错了。

"我才猛然觉醒,汉斯已经被强制离开,到别的地方去了。"

听了几次之后,逐渐能看懂堇所描述的事情梗概了。

堇有时候状态好,有时候也不愿多说,很多时候都是在反反复复说着同样的场景,也有记错的时候,所以很难准确把握。

但是,当她连续描述的时候,完全就像是看着当时的影像进行解说一样,讲得清清楚楚。

每次堇说当时的事情时,我都把那些话深深地埋进我心里。绝对不能忘记。我知道,堇是在消耗着生命在告诉我重要的东西——和把草莓大福饼比喻成灵魂的内容一样重要。

听着菫描述的一九六一年夏天经历的事情,我理解了一件事。

那是和菫、丝带我们三个一起开春季茶会的时候。

当时说到喜欢的人,菫曾经低声说的那句话。

"我要是有翅膀就好了",我曾莫名地被那句话吸引住了。

过了这么些年,才终于解开这个谜。原来,菫的话,是这个意思。

如果汉斯也有翅膀,就好了。

也许,菫本来想说的是这句话吧。只是当时我年龄太小,没能懂得菫的话。

菫说的和解教堂,的确是在波诺尔街。并且,成功跳下来的人,的确有。

据说一位名叫修鲁莱的七十七岁的老奶奶,就是曾经成功跳下来的人之一。

提及这件事,菫后悔似的紧紧地咬住了嘴唇。

"我曾经向神灵祈祷希望他不要做出那样亡命的举动,可是,到了为时已晚的地步,我又开始希望汉斯也能逃过来。

"真的很任性吧?一定是我以前做了很多错事,受到惩罚了吧。"

菫改变了当初的计划,过了夏天,依然留在大学里,就这样继续待在西柏林。

临近圣诞的一个午后,我去她的房间装饰花环的时候,菫像是想起什么一样,突然跟我讲起话来。窗外,正细雪纷飞。

我采了一些母亲种在院子里的花草，亲手编成了花环装饰墙壁，正要悄悄走近给堇揉揉脚，堇双手捧起了我的手。然后，用她湿润的眼睛看着我。

堇的手背上，紫色的静脉像树根一样凸起。我悄悄地把自己的手放在上面。

"云雀，圣诞节对于欧洲人来说，真的非常特别哦。"

堇有些夸张地说。

"所以，不能和家人团聚在一起过圣诞节，不仅仅是我，所有的人都心情灰暗。

"过了年，我就必须要回日本了。所以，那是我和他一起度过节日的最后的机会。但是，那时候，我们甚至都无法联系到对方了啊。"

"也打不了电话吗？"

我漫不经心地问。虽然查了当时的状况，但是我并非什么都知道。汉斯都被迫离开波诺尔街的公寓了，还怎么能打电话呢。不过，堇一点都没有责备如此缺乏想象力的我。她缓缓地、有些困惑地继续说着：

"因为和东边联系的电话线已经全部被切断了啊。虽然可以寄信，但是我德语又不好。"

堇一直望着窗外，气若游丝般小声嘀咕着。她的表情，像是在认真解读一片片雪花里所记载的秘密暗号一样。

"不过，还有一个地方能看到墙对面的情况。"

瞬间，堇的瞳孔变成一潭神秘的湖面，眼神里充满了无限的怀念。

"圣诞节当天。东柏林的人们都聚集在那里，向西柏林的家人和亲戚挥舞着白手绢。"

我不知道堇在墙对面是否看到了汉斯的身影。不知为何，我没能问出口。我可以确定的是，圣诞节那天的情形，是自从墙壁建起来之后，堇唯一的美好回忆。这个唯一能看到东柏林的小洞，也紧接着在圣诞之后，就被堵上了。

过了年，堇很难再继续住在柏林了，就这样把汉斯留在东柏林，结束了长时间的旅行终于回到了日本。

无法确定是否是因为这件事，那之后堇才收养了我的父亲。也许，堇真切地感到，需要和家人一起才能生活下去。也许这样就能斩断对汉斯的思念了。

"带刺的铁丝网拉起来，高墙筑起来，再也无法相见之后，我才清楚地意识到，我爱他。可是，一切都太晚了。"

说着，堇的眼睛里溢出淡淡的、如同融化了的雪一样透明的泪水。

最初，柏林墙只是在街区的围墙上扯上铁丝网，后来逐渐强化，到了一九七六年，在我出生之前，修成了高三点六米的第四代隔离墙，总长达到了一百五十五公里。这是最终成形的柏林墙。

接踵而至的，是墙两侧的无人区布置了通电铁丝网、军用犬、霰弹枪、探照灯、弧光灯等设备。另外，还挖了以反坦克等车辆为对象的陷阱，为了视野更开阔，喷洒了大量的除草剂。

这些能源，如果用于其他建设的话，应该会更有建树吧。那样才是资源最合理的使用之道吧。就连我这个对历史一无所知的中学生，都这么认为。

众多柏林市民的人生都被扭曲了。一对相爱的情侣，由于这堵墙隔而咫尺天涯。

每次听堇说柏林墙，我都会想象，如果我生在那个时代的柏林的话，会怎样呢？肯定想要破坏掉这堵无聊的墙壁。也许会从远处往上掷石头。但是，那堵墙谁也破坏不了。

这是不折不扣的事实。

我上高中的时候，堇好像去了"世界各地"旅行。当然不是我们所在的这个世界，而是只有堇的心灵能看到的世界。她像羽毛一样，在各处轻轻地飘来飘去。

堇曾经成簇的，能当鸟窝的浓密头发，不觉间已经薄得能看到头皮了。不管再怎么把头发盘成圆圆的发髻，也都无法再隐藏小秘密、温暖并保护鸟蛋了。即便鸟蛋放上去，一股风吹进来，也很快就会感冒的。她那丰满的柔软的乳房，也像泄了气的气球一样沮丧地萎缩着，再难成为雏鸟舒服的婴儿床了。

在无形的世界里旅行的堇，看起来非常的幸福，可是当她忽然回到我们所在的世界的时候，看起来总是有些不安。她的脸上没有自信，充满着不安和胆怯的表情，像是要透过通往另一个世界的小小洞穴，去探寻宇宙的某个地方一样。很多时候，堇不能够自由表达自己的心中所想，每当这时，她就像小学生尿了床一样，羞愧地低下头。

但是，我还是会估摸着堇状况好的时候，继续问她。

也许我有些着急了，但是，总觉得必须得问。

前一秒还前言不搭后语，可是一说到柏林，堇就突然伸直了背，眼睛里充满力量。我一边抚摸着堇的手或脚，一边侧耳倾听她的话。我的眼睛盯着堇的嘴唇，追随着她的话，努力不漏掉一个词。

好像，堇结果还是没能见到汉斯。

也许他被强制离开，搬家到了什么地方。能够指望的房东也在每日面壁的生活中，积郁成疾，最终无法取得联系。也许是因为去不了和解教堂，无法去给亡夫扫墓，内心苦闷郁积吧。有当时的报告说，住在柏林墙西边的很多居民都得了精神方面的疾病，也许房东就是这堵墙的牺牲者之一吧。西边的人们，和东边的人们一样，深受柏林墙之苦。

一九八五年，在无人区残存的和解教堂，也被全盘爆破掉了。说是为了视野更开阔，仅仅是为了这点。我看到当时拍摄的照片，真的抑制不住愤怒。居然这样用暴力去破坏别人重视的东西……

"你难道没有想过要到汉斯那里去吗？"

我一问到关键问题，堇必定含糊一笑，侧过脸去。她的表情和动作，好像逐渐回到了少女时代。恰好跟我遇到丝带的时候差不多，都是十岁左右的女孩子。

"云雀，我要照顾孩子，很忙的。"

许是心理作用，堇说话的声音变高了。有时候，她说话的声音像是只用钢琴的高音弹奏出来的旋律一样。

父亲正值青春期的时候，被堇收为养子。也许在那个年龄的孩子，真的令人伤脑筋吧。关于这些，父亲和堇都不会多说。也许对于父亲来说，在那个年龄成为养子，绝不是一段美好的记忆。堇在天主教的女子学校教音乐课，抚养父亲，直到送他上了大学。

我查了资料，一九六三年，普通的西柏林市民，可以拿到许可证跨境到东边去。

像圣诞节以及复活节这样特别的日子，只要拿到许可证，就可以去看望东边的亲戚，只是当天必须回来。

虽然不是很清楚细节，但我觉得只要想想办法，堇是可以到东边去和汉斯见面的。不过，汉斯不是堇的亲戚，听堇的讲述，两人当时也没有婚约，所以也许堇终究很难去见汉斯吧。

住在东边的人们，只要认真努力工作到退休年龄，愿意的话，也可以到西边去，就连移居也允许。汉斯退休以后也有可能移居到西德。

总之，如果堇真心想找汉斯的话，也许是能找到的。即便汉斯不可能来日本，堇也能去看他。

但是，堇却没有付诸行动。汉斯恐怕也是和堇寄宿公寓的房东联络中断，无法通信，就放弃了吧。就这样，过了二十八年的岁月。

从那以来，堇只是一味地吃着面包。

她换上香颂歌手时代的舞台服，盛装坐在干净的地方，一滴不洒地喝着盛在白色汤盘里的酱汤、吃着光滑的面包卷。这就是"堇式"晚餐。

这大概是为了不要忘记汉斯而进行的一种仪式吧。

父母、堇和我围坐的普普通通的餐桌跟前，说不定也许会再加一个叫汉斯的德国男士。只是，汉斯的样子，只有堇的眼睛里能看到。

不过，有开始，就会有结束。

东西两边的柏林市民都无法想象的事发生了。一九八九年十一月九日，柏林墙，打开了。东柏林的人们，没有挨一颗子弹，也没有一个牺牲者。

与此同时，世界的另一边，我的掌心，发生了奇迹。

丝带，发出了声音。

那个时候的我真的就是个孩子，对堇，对这个世界，都一无所知。但是，我的手心里，丝带拼命地从里面要打开蛋壳挣扎着出来的时候，柏林的人们也在努力地破坏掉一个旧世界。

大概，全世界都在传递着这一重大消息吧。说实话，我不怎么记得了。那时，我已经完全被刚出生的丝带吸引住了。比起镌刻在历史上的重大事件，这个在我掌心里发生的奇迹对我来说更加意味深长。

但是，堇不同。她肯定是怀着特别的心情看这条新闻的。把无法对人言明的恋情藏在心里，堇一定是侧耳倾听着远方人们的热情欢呼声，一定凝神屏息，努力寻找汉斯的身影。

所以，这次，这次也许终于能见到了。不用经过任何繁琐的手续，堇可以去找汉斯了。

但是，我还是没能提出这个问题。因为我可以想象得到，这个问题是多么残酷，会把堇逼到绝望的深渊。那时，堇已经成了个老奶奶，而汉斯是不是还活着,或者到遥远的地方去了都未可知。

现在,我也可以这么想。

堇在丝带这个名字里寄托了她的心情。

其中,难道不也蕴含着重生、失而复得的意思吗?

我不禁觉得,丝带就像是重生的汉斯一样。

他的背上一定长着翅膀。终于有了真正的翅膀,飞到堇身边来了。或许只是我自己胡乱想象的,但莫名其妙地就是这么觉得。虽然堇什么都没对我说,但也许丝带也连接着汉斯的灵魂吧。对堇来说,丝带一定是她的希望。

据说,当时,东西柏林总共住着三百三十多万人。

有人率先登上墙头,跨到西面去,欢喜地大声叫着,也有人等到了天亮之后,走到桥上,与时隔二十八年的朋友再次见面,彼此开心地拥抱着。也有寡妇等到一周之后,才终于去给亡夫扫墓。

接下来,波诺尔街上的墙也开了一部分。那时,丝带出生四天了。堇不休不眠地守着眼睛还睁不开的丝带,小心翼翼地给它吃柔软的鸟食。

堇的心里,有了新的开始。丝带出生,对堇来说,也许是一条分界线,悲伤之墙的历史终于告一段落了。

我高中毕业到医院去向堇报告消息的时候,她打破了我们一直默守的约定。当时,她得了感冒发展成了肺炎,暂时在附近的综合医院住院。

敲门进到病房的瞬间,听到"嘘——"的一声。只见堇卧在床上,食指竖在唇前，扭头看着我。接着，压低了声音，对我说：

"云雀，你知道吗？"

堇完全成了七岁女孩的样子。她像是嘴里含着奶糖说话似的，口齿不清地喃喃低语着。或许是药效强大吧，堇脸色很好，脸颊上晕染着淡淡的红色。

我急忙走近堇身旁。我太怀念堇竖起手指发出"嘘——"声了，泪水不禁溢满了我的眼眶。堇把秘密藏进头发里的那天，也是这样的。我记得，那时她也对我"嘘——"了。

那天，我自出生以来第一次进到堇的房间。并且，堇还给我看了她头发里的小小的鸟蛋。那是我和堇两个人的希望。堇告诉我，所谓的希望，就是孵出小鸟。

"你看你看！"

堇有些拘谨地碰了碰我的肩。她的手指，凉得像冰柱一样。我装作不经意间用自己的手掌握住她的手指。

"云雀，从刚才开始，那儿就有只黄色的小鸟呢。"

堇凑到我耳边，像说悄悄话似的低声说。

被堇的呼吸吹得发痒，我不由得弯下了身体。位于二楼的病房窗户对面，就有一片广阔的杂树林。

"黄色的鸟？"

"是的，你看，不是就在那吗？"

但是，我什么都看不到。

堇又在我耳边呼吸了。这里是单间,也没有护士在,可是堇似乎只想告诉我一个人。

"看,看你刚才看的方向!那个,绝对是丝带!丝带来看我了啊。"

大概,堇的眼睛真的看到了吧。然而,我没有看到。

听到堇喊丝带的声音,我心里难过极了。就像是有扇重重的铁门突然哗啦一声被打开,风灌进来一样。真羡慕堇。我也想见一见丝带。虽然看不到,但是我还是附和着堇说:

"真的呢,丝带来找堇了,能见到丝带,真是太好了。"

说到这里,我一直忍着的泪水决堤般落了下来。像是突然天降大雨一样,又哭又笑。

我小的时候,在以前住的房子里,堇经常拿着双筒望远镜,从露台上观察鸟类。她整个人躺在喜欢的摇椅里,有时候还会把甜咖啡装进水壶里,一口一口啜着。

但是,我们家没人知道她为什么那么喜欢鸟。

堇出院回到家几天之后,我把泡茶的一套工具都拿到她的房间,常在那儿喝着香草茶,和她一起怀念小时候的茶会。说到这儿,又想起我和堇一起办的春天的茶会,结果却成了和丝带相聚在一起的最后一次了。从第二年开始,不管樱花怎么开,堇和我都不再提这件事了。

搬家以后,许是环境变化了吧。不经意间,又想要办茶会了。今年春天,我就要去关西上大学了。所以,很快就要离开家了,这是我第一次离开家。也是出生以来,第一次离开堇独自生活。出发要带的东西,都已经准备好了。

我回了趟厨房,赶紧做茶会的准备。

"堇,我泡了好喝的红茶哦。"

我把泡茶工具放在托盘上小心地端过来,跟堇打着招呼。堇稍微抬起背靠在护理床上,默默地凝视着外面。这张护理床,是堇住院期间,父亲请专业的人放到房间里的。我拿着咖啡杯悄悄地走近堇的床边。

堇已经无法喝进热茶了。我在空杯子里稍微注了点开水加温,让堇拿着。这样用手心包住杯子,应该很舒服。

"哎呀,谢谢云雀这么体贴。"

久病初愈的堇低声说着话,声音细如纸捻。

"还有红豆三明治哦。堇你要吃吗?"

堇微微地点点头,于是,我就当场做红豆三明治。

不是母亲做的红豆,是买来现成的袋装的。我把它夹在烤好的面包里,拿到堇的嘴跟前。堇的嘴一张一合地装作在吃。

"啊,真好吃,谢谢你,云雀。"

只听对话的话,像是又回到了那个时候。我狠狠地咬了一口堇无法吃下去的红豆三明治。明明小时候那么喜欢吃的东西,长大后,我很久没吃了,说实话,不知道是好吃还是不好吃。但是,对堇来说,这是回忆的味道。

侧耳一听,有小鸟的叫声。好像是会说话的鸟儿们,正在像我和董一样闲聊。

"云雀，今天没有约会吗？"

"啊？"

"你不是约好了要和男朋友一起去观鸟的吗？"

"是吗？"

我完全混乱了。因为感觉董说话的语调和平时一样，连我自己一瞬间都以为就是那样的呢。事实上并不是的。我绝对没有什么约会。

"董你才是今天要和汉斯约会的吧。"

不知道为什么，我说出了这样的话。但是，就因为我这句话，董的脸上浮现出了笑容。

"云雀你说什么呢，我不是昨天才约过会的吗？"

"昨天？"

"是啊，昨天才去的。汉斯啊，面包店只休息一天。他邀我去野餐了呢。把我带到森林里去了哦。"

"只有你们两个吗？"

"是的啊，一直都只有我们两人。我们就一直在那看着小鸟。云雀，我那个时候的人生，是最幸福的啊。"

这也许是最后一次和董正常对话了。之后，董就像丝带刚出生时那样，一整天大都在睡觉。

上大学第一个暑假回家，我进到董的房间，她无声地递给了我一个信封。信封很旧的感觉，似乎一碰就会朽掉。堇像是戴着面具在凝视着过去一样。

打开信封，我看到里面有一张像是药包一样的薄纸。里面包着的，是根羽毛。

泛着光芒的淡蓝色的柔软的羽毛上，有着美丽的花纹。有些浓黑色的，像蕾丝又像细波一样的小小花纹清晰可见。我伸手拿住根部纤细的部位，拿起来的时候，发现下面有张小纸片。确实，纸片上是堇写的字。

"汉斯送的，于柏林的森林里。"

这是汉斯送给堇的礼物吗？末尾写着的，的确是一九六一年初夏的日期。

所以，当时堇说的，和汉斯一起去森林的事，绝不是胡编乱造。她说，在那里看了鸟。证据就在这里。堇一定是已经忘记了汉斯送给她羽毛，也不记得把羽毛用纸包着装进信封里的事了。如果堇不记得的话，那就由我来记住吧。

忽然，堇的手背进入我的眼帘。仔细一看，堇的手上，看起来就像是从远处俯瞰地球表面一样，群山起伏、峡谷纵横、河流交错。正是这双手，爱抚过丝带，也是这双手，紧紧地拥抱过我。

我在心里呼唤着堇的名字，情感排山倒海般涌了上来。

哪怕就这样也可以，再在我们身边待些时日。我这样祈祷着，祈祷着。

堇好像已经认不出我是谁了。

我对她说云雀回来了哦，她却不明所以地怅然若失。无论心里怎么对自己说"不能伤心不能伤心"，我却还是抑制不住地难过起来。每当看到我难过的时候，堇总是会给我些礼物。那些东西，对堇来说，全都是宝贝。有时，是各种颜色的水果糖般的漂亮丝带，有时候是一枚陶制的玫瑰胸针，有时是布满了虫眼的蕾丝边，有时是褪色的旧邮票。她都是悄悄地把这些东西放到我的手上，什么话都不说，只是默默地，放到我的手上。

"堇，没关系的，剩下的，你就先收着吧。"

无论我怎么恳求，堇还是不断地拿出她的宝贝。简直像是为不记得我而赎罪一样，每次拿到礼物的时候，我都会很难过。

像是写满了奇怪的记号一样的来自遥远国度的画和课本、鸽笛、奇妙的卵形地球仪、指针停止了的漂亮怀表、很多蝴蝶结接成的项链……堇在我的手上放了数不清的东西。

忘记了也没关系啊。就算你什么都不记得了也没关系啊。

我想这样告诉她，却找不到合适的词。只能默默地，抿着嘴，接受堇送给我的礼物。

堇送给我的最后一个礼物，是记录丝带成长的育儿日志。是通过母亲给我的。

那时我的工作已经定下了。大学毕业前那年过年的时候，堇已经几乎睁不开眼睛了。

我原本并不知道堇记了这样一本笔记。每天测的体重，甚至连丝带吃的东西、数量、时间都事无巨细地记录下来了。笔记的页面之间，还夹着几颗丝带当时吃的小米。

有意思的是，堇每天都在画丝带的插画。确实，那个年代，还没有数码相机可以轻松地拍照。堇是用铅笔画了之后，再用彩色笔上色的，不过，即便客气地说，也谈不上画得好。刚开始，只能看到红黑色的一小块，然后一点一点变大，能看出是只小鸟来了，头上开始长出羽毛了，脸上也有了漂亮的腮红，渐渐地，丝带有了鸡尾鹦鹉的样子。这本育儿日志，成了承载当时记忆的重要的东西。

日志最后一页，夹着一片四叶草，用透明胶粘着。堇用小小的字写着"云雀送的"。

我记不得了。也许是我从学校回家的路上，拐到公园里采繁缕的时候，夹在里面的吧。没想到堇却这么重视。

想给睡眠中的堇唱唱歌。唱那首堇给还在蛋壳里的丝带用来胎教的歌。唱那首堇把毛还没有长全的丝带放在胸前，满含爱意地哼着的摇篮曲。

可是，我怎么都想不起调子和歌词了。

收到堇的讣告时，我正在北海道工作。继丝带之后，堇也去了任凭我如何努力都到不了的世界去了。堇去了比丝带在的地方更遥远的地方。

堇临终时表情非常安详。

躺在棺中的堇,眼睛眯着,像是陶醉在汉斯刚烤好的面包卷的香味里,表情平静,一如当初把年幼的丝带放在柔软的胸前时祥和的面庞。我们两人一起孵出丝带,距今,已经过去二十年了。

即便现在,我还是经常会梦到堇。

梦里的堇,一直都是那时候的样子。

戴着深红色的帽子,帽子下的发髻里,藏着鸟蛋。我一喊"堇",她就缓缓地、平静地回喊着我的名字。不知为何,她总是把食指竖在嘴边,微微笑着。左右脸颊上方的眼尾,悠然地划着漂亮的弧度。

堇和云雀是永远的朋友。穷尽一生,都是好朋友。

我们真的就像堇说的那样。

堇的葬礼过去一年半之后,我回到久违的老家,才知道她还有遗言。就因为不想承认堇已经不在了,我一再找理由推托着没有回家。我实在害怕面对堇去世了的事实。

堇的房间,已经收拾干净了。护理床不见了,堇喜欢的摇椅也由父母轮着坐了。母亲说,感觉父亲坐在上面看报纸时,表情就像是伏在堇的膝头一样。

堇的遗言只有一句话,希望把她的一半骨灰撒在柏林。需要的费用,她似乎很早以前就准备好了。另一半骨灰,已经葬在堇故乡的墓里了。

我们开了家庭会议。我想着机会难得,父母两个人去就可以了。实际上,母亲照顾堇多年,父亲也是,又是搬家,又是换工作,也做出了相应的牺牲。他们一直以来都忙于工作和家庭,所以我提议他们去呼吸呼吸异国的新鲜空气，品尝下美食，舒舒服服地过几天。

但是，他们两人都不同意。于是，最后定下来，我一个人前往柏林。但是，我并没有打算即刻启程。

已过而立之年的我，经常感到这个年龄段的，或者比之更甚的疲惫。总之身体就一直慵懒、疲倦，其实，是身体遭到了破坏。

二十五岁的时候，我陷入了一场恋爱，却没办法告诉父母。在这场感情中，我品味到了人生的喜怒哀乐，它们一个个像是飞镖朝我飞来。最终，无论我怎样努力挣扎，也没能和他在一起。

对他人的怨恨、愤怒，最终都会成为一种诅咒应验在自己身上。分手后，我得了子宫肌瘤，因此，不得不辞掉了大学毕业后就职的工作。虽然现在给熟人帮忙维持生活，但是全然没有对未来的展望，有的只是汪洋般无边无际的时间碎片而已。不想让父母无谓地担心，所以我什么都没有对他们说。

云雀总是朝着目标勇往直前，毫不犹豫地展开翅膀，在空中尽情翱翔。所以，堇给我取了云雀这个名字。但是，难得堇的一片心意，我却丝毫都没有像真正的云雀那样活着。对此，我一直很内疚。

实际上，我也在跟跟跄跄地前行着，只是，很快脚就绊在一起险些摔倒。我的鞋底上，总是粘满了胶。这样的云雀，连地面都无法离开，抗拒不了重力，只能这么狼狈地在地面上打着滚。

如果看到了我现在这样不成体统的样子，堇一定很伤心吧。一定会失望地说，不应该是这样的。想到这里，我就更加心虚。

我一定是把积分卡给用完了。每当感觉到幸福的时候，每当开口大笑的时候，默默地存起来的积分卡上的积分都在消失。曾经一直存着的积分，不知不觉，就一直在消耗了。

一旦要去柏林，就觉得整理行囊很麻烦，一旦休假，只要想想要去机场奔波，就懒得动，时间就这样一点一点过去了。

直到堇离世两年多，我才终于买了去德国的机票。终于，出发去柏林了，可是我的心中依旧是阴云密布。

飞机上，我突然思考了一些东西。

何时才能不用咬紧牙关生活呢，何时才能自由、轻松地呼吸呢？

我应该也有这样的时候。但是，现在却不是这样。我感觉自己的头像是被塑料袋蒙着一样，呼吸困难，自己呼出的气体里二氧化碳的浓度越来越高。活着，很痛苦。

看着飞机小小窗户外面厚厚的云层，我想大声呼喊。

在没有堇的世界里，我以后该怎样活着？

到达柏林的夜里，在酒店一办好入住手续，我就倒在床上睡着了。妆也没卸，衣服也没换，饭也没吃，就睡着了。或许我睡得比较好，第二天一觉醒来，疲惫减轻了一些。

早饭后，我拿着地图开始走。我曾经和分了手的恋人一起到西班牙旅行过一次，德国，还是第一次来。语言完全不通，地形也不熟悉。但是不可思议的是，我没有任何不舒服的感觉。即便堇只是在这里生活过很短的时间，我都奇妙地怀有亲近感。

就地图来看，从酒店到波诺尔街的距离，稍微努力下步行就能走到。我并没有线索。或者说，除了波诺尔街这个信息以外，我没有任何可以依赖的东西。

我也没有汉斯的消息。出发前，我曾拜访过德国大使馆，请他们帮忙查一下。但是，很难查到曾经住在波诺尔街的面包师汉斯的信息。我也不知道堇寄宿公寓的准确地址，所以几乎没有什么有用的信息。

我朝着波诺尔街走去。即便去了，既不能知道堇的消息，也不可能见到汉斯。但是，我还是强烈地觉得，必须要去。

像是有人在用无形的手，不断用力推着我，我感觉自己就像是木偶一样被人操纵着。就像是只有一条路存在一样，我毫不犹豫地径直走。

然后，我真的到了波诺尔街。真的感觉莫名其妙。原本遭到破坏而成为空地的地方，已经建成绿地对市民开放了。

一九八九年，在柏林墙推倒之后，原地又建起了新的和解基督教堂，原来被炸成粉末的和解教堂，得以重生。现在，用于追悼柏林墙的牺牲者。教堂形状像是数字"6"，从入口进来后，里面有很大的圆形空间。

在这里，我经历了一件奇妙的事。

恰巧，这间小小的圆形教堂中，只有我一个人。自然光柔和地洒进来，非常静谧。一部分天花板处覆盖着玻璃，流动的云彩清晰可见。感觉像是置身于海螺壳里一样不可思议。远处传来波诺尔街上的声音、孩子们嬉戏的声音。许是旅途疲劳吧，我坐上木质椅子，睡意一下就上来了。我就这样坐着睡着了。

忽然，我感觉到有些异样，睁开眼，看到对面椅子上，坐着一位老爷爷。

像是个德国人，高鼻梁，是一位仪表堂堂的老人。脸颊两侧，像是圣诞老人一样闪着红色的光芒。他一直盯着我看。他那海底一样深邃的眼神，将我包裹起来。

汉斯？瞬间，我心底刮起一阵旋风。

说不定汉斯还活着呢……

在此之前都从未有过的想法，却忽然掠过心头。我在还半睡半醒的世界里，迷迷糊糊地在脑海里计算着。如果汉斯比堇大十岁的话，应该已经超过一百岁了吧。但是，也并不是全无可能。不知为何，从堇的话里，我一直认为汉斯已经不在这个世界了。但是，也并不能断言他不会比堇长寿。可是，我却没有勇气和眼前的这个人打招呼。

忽然，感觉有双隐形的手轻拍我的肩膀。睡意再次从指尖涌上来，席卷全身。我又缓缓地闭上了眼睛。

感觉自己变成了一汪水。身心都完全融合在一起，成为一汪水，蜷缩在凉飕飕的木椅上。不知从哪儿吹来一阵风，水面微微泛起涟漪。睡意，如潮汐般一波未平一波又起。

不知道只是一小会儿，抑或是过了一小时。真的很舒服。我像是回到了胎儿时期，躺在一个暖暖的、软软的地方。想要一直这样下去，大脑却一点点清醒起来。

再次睁开眼睛的时候，已经看不到老爷爷的身影了。他就像一阵烟一样，听不到任何声响，就忽然不见了。

也许，汉斯一直在这里等待着堇的到来。也许，在我熟睡期间，堇和汉斯的灵魂，在教堂里永远地连在一起了。

之后，我呆呆地久久望着天花板，追思那些被柏林墙隔离在东西两边的亡魂。

清澈的阳光，像是把全世界最美的光芒收进了瓶子里一样，照耀着教堂。

十字架前的花瓶里，随意地装饰着颜色各异的花草，像是刚刚插上去的一样。虽然我不是基督教徒，对这里却没有丝毫抵触的感觉。隐隐约约从外面传来的喧嚣，反而让心情更加舒适。

我久久不愿离去，打算再在这里待上一会儿，等到接下来有人进来再走。

也许是堇和汉斯两人的灵魂永远地连接在一起的那天夜里，本应纪念一下的，我关上酒店房间的门，心里突然堵得很难受。我不知道自己被什么给袭击了，就像是被雷电击到掉下来一样。又像是寒流突然吹进白天温暖的空气里，气流异样凌乱起来。

我就这样趴在床上，涕泪皆下地呜咽着，难过到无法忍受，使劲儿地拍打着酒店的墙壁。

我已经不是草莓大福饼了。只是个大福饼而已。我把那颗宝贵的、最重要的草莓，给弄丢了。不，不对。用身体和心灵守护的草莓，我不可能拿下来的。对,我的草莓腐烂了。

一再腐烂,发了霉,成了一摊污水,渗进红豆里了。然后,又渗透到饼里。我的子宫,就是证据。它被腐烂草莓散发的气体撑得硬邦邦的、鼓鼓的。

把手伸进喉咙里的话,就能把腐烂的草莓吐出来吧。

这样一想,我真的觉得想要吐。

急忙跑到浴室里,但是,无论我怎么把手指塞进喉咙里,吐出来的只有食物。全身都散发着腐臭气味,熏得我自己都侧过脸去。

耳边响起医生的话。

是留下,还是摘除呢?

仅仅见过几次面的医生,只是看着我的子宫拍出来的片子,连我的正面都不看地问我。语气就像是在说"指甲长了,剪了吧"一样轻松。

摘除了之后,每次生理期时,那种地狱般的感觉就能没有了吗?想到这里,我突然一阵眩晕。

我来柏林,就是为了逃避这个现实。

但是,一逃再逃,无论怎样逃避,我的子宫都埋藏在我自己体内。无论走到哪里,都植根于我体内,无法撇开。

我又倒在床上,趴在那里闭上了眼睛。睡意立刻就上来了。

梦里,我在森林里走着。

堇就在我身旁。我们手牵着手。我已经和堇身高差不多了。

云雀,你仔细听听。

堇用有穿透力的声音对我说。她的腿也走得很利索。

有没有听到什么?

森林里长着郁郁葱葱的树木,我们就像被包围在绿色帐篷里一样。树叶像伞一样大,阳光从树缝里洒落进来。

你听。

堇紧紧地握住了我的手。

那一片,好像有小鸟呢。

我闭上眼睛,竖起耳朵聆听。一会儿,我也听到了。

啾啾——,啾啾——,啾啾——,啾啾——。

一定是鸟妈妈在给幼鸟送食儿。

啾啾——,啾啾——,啾啾——,啾啾——。

我寻找声音的方向的时候,堇递过来一个双筒望远镜。正是堇一直拿着的那个旧的象牙色双筒望远镜。

能看到吗?

我透过双筒望远镜看去。小鸟的身影,出现在圆形的镜头里。

嗯,看到了啦,堇。是一只胸口上像是打了条领带的小鸟吧。嘴里好像还衔着食儿呢。

是啊,云雀,那是白脸山雀。

许是窝就在附近吧,白脸山雀很快从枝头飞走了。我和堇又牵着手开始走。

又走了一会儿,看到一条小河。

云雀，咱们休息一下吧？

堇擦着额头的汗提议。

我跟在堇的后面，下到河里去。河边，恰好躺着一块大石头。

堇坐在石头上，脱下鞋，赤脚伸进河里。我也学着，解开轻便运动鞋的鞋带，脱下来，把脚浸到水里。

好冷——

但是，感觉很舒服。

我们两人的声音恰巧重合在一起，分不清哪个是谁的了。河水清澈见底，轻轻地拂过我们的脚心和脚趾。

给，云雀。

扭头一看，堇正拿着水壶往小瓶盖里一点一点倒茶色的液体。

谢谢。

我接过大红色的瓶盖，放到嘴边。果然，是堇最喜欢的咖啡。真的很甜，像是溶入了太阳的味道。我一口气喝下去，把空瓶盖还给了堇。

过了一会儿，又传来了鸟叫声。

云雀，知道这是什么鸟吗？

布谷鸟。我回答。

因为布谷鸟就是"布谷，布谷"地叫，即便我不像堇那么了解鸟，这个也是知道的。

这种鸟，自己孵不出幼鸟，所以就把鸟蛋下到别的鸟窝里，让其他鸟帮助自己养孩子。

但是，为什么要寄抱①呢？

我低声自言自语。

要特意生下跟寄抱的鸟相似的蛋，太复杂了。先孵出的布谷鸟会把本应该在那个窝里抚育出来的鸟蛋踢出窝去。然后只留下自己活着，吃着鸟妈妈给的食物长大。尽管自己下的蛋被踢掉了，鸟妈妈依然孜孜不倦地给比它体格大得多的布谷鸟送食，积极地照顾着。难道中途就没有发现这不是自己下的蛋孵出来的小鸟吗？

堇告诉我，有一种说法是，布谷鸟的体温低，无法靠自己孵卵。

布——谷，布——谷，布——谷，布——谷。

布谷鸟还在附近的枝头鸣叫着。

可是，如果能让自己产下的蛋跟别的鸟蛋一样，难道不能想方设法提高自己的体温亲自孵小鸟吗？

布谷鸟大概知道我在说它的坏话，扑扇着翅膀啪嗒啪嗒地飞走了。一只嘴巴尖尖的、黄色眼睛的鸟在树枝间穿行。

但是，仔细一想，堇也是这样的。把别人生下的孩子，当成自己的孩子一样来抚养。

于是，生命延续，又有了我。如果堇不抚养我的父亲的话，我当然就不会和堇相遇。

堇就没有想过自己生个孩子吗？

我以前从未问过，却不经意间说出了口。

---

① 寄抱：鸟不自己营巢、育雏，而产卵于其他鸟巢中，由其他鸟代为孵卵、育雏。

没有想过啊。

董静静地答道。

因为我觉得谁的孩子都一样。

可是,我不这么想。我特别特别想拥有一个和恋人共同的孩子。虽然我知道这是一个实现不了的梦,却还是忍不住奢求。这个想法一直盘踞在我的脑海里。

董仰望着上空,继续说。

被寄抱的母鸟呢,一看到雏鸟张大了嘴巴要食吃,脑海里就会打开"我必须要喂它"这个开关。是本能地给食呢。

原来是这样啊,我心里默默地想。

这时,我忽然想对董说我的子宫的事。对家人、朋友都是不能说的秘密,这件事只有我和我的主治医知道。

董,呃,我想跟你说件事。

我下意识地用双手捧住腹部。肚子丰满地鼓起来,并不是因为里面有孩子。那是因为我的子宫在哭泣。

医生说,我可能必须要摘除子宫了。

第一次对别人说出来。也许,一直以来,我都比自己以为的还要在意这件事。我的泪水,证明了一切。

那样的话,我就不能生自己的孩子了。

一说出最害怕的事,我就一发不可收。把脸埋在董丰满的胸口,孩子般哭起来。董轻轻地拂着我的背。

一直以来，我都尽量不麻烦别人。走路时总是靠路边，以免妨碍自行车和轿车。时刻注意脚下，以免不小心踩到野花。然而，现在我觉得自己成了一个负担。不能好好工作，起不了什么作用，感觉自己成了个没有生存价值的废人。

把子宫"咔嚓"一下从身上切除的话，我就能轻松了，但是我却没有勇气做决断。每次生理期体会到的地狱般的痛苦，让我难以忍受。但是，却不能像玩石头剪刀布一样，做出输了就切，赢了就留下这样简单的决定。

你非常喜欢它啊。

堇说。

嗯？

我抬起被泪水浸湿了的脸，望着堇，她笑着摸着我的脸颊。

云雀啊。

这样叫我，是堇想要告诉我一些重要东西的前奏。堇望着天空继续呢喃道。

雨来，就任它打，风来，就任它吹，云雀你想怎么做就怎么做就好。不过呢。

说到这里，堇停顿了一下。盯着我的瞳孔深处，继续说道。

到底想怎么做，只有你自己清楚。对吧？

被堇这样一问，我直点头，手掌再次抚摸着子宫附近，脸上残留的泪水慢镜头般地落下掉进泥土里。

云雀，我们再走一会儿吧。今天天气不错，心情也好呢，是个绝佳的观鸟的天气。

堇要站起来。

堇是累了吗？没事儿吧？

不用担心啊云雀。你看，连我的膝盖都精神劲儿十足呢。

堇当场就屈伸给我看。

之后，我们就那样赤着脚走在森林里。土壤柔软温暖，很舒服。一只看上去刚展开双翅的蝴蝶，踉踉跄跄地，在空中上下飞舞着。一到了向阳处，蝴蝶的翅膀就发出柔和的光芒。

堇突然停住，抬头往上看。

你听，又一只鸟在叫。

叽叽——，叽叽——，叽叽——，叽叽——。

这次，是什么鸟呢？

堇的声音，传到森林深处。

一睁开眼，我看见阳台的栅栏上，站着一只蓝色的鸟。

咦？明明刚刚都还和堇一直在一起的。

"堇？"

我不禁喊出了声，发出的声音之弱，让我知道刚才是做梦。因为窗户没关，蕾丝窗帘像跳着华尔兹一样摇来摇去。蓝色的小鸟正啄着脚边的东西，忽然啪的一下飞走了。不知不觉，已经早上了。

得动身了。我坐起来。

堇，在呼唤着我。

冲了澡，我就匆忙地整理出门的东西。

我拿出行李箱底下用毛巾包着的双筒望远镜，瞬间就感受到了熟悉的气息。这是堇最喜欢的双筒望远镜。跟父亲报告柏林行程的时候，他硬塞给我的。或许，堇曾用它去寻找过墙对面的汉斯吧。双筒望远镜上面，刻着我看不懂的德文。

说实话，刚搬家的时候，我不太适应新家。父母非常喜欢新家，说终于不结露了呀、地板温暖舒适呀什么的，可是我却不那么认为。我觉得枯燥乏味，钻进鼻子深处的全是胶水和油漆的味道，无论如何都喜欢不起来。我还是觉得以前住的日式旧房子更舒服。

可是，刚才飘来的，真的是曾经的家里的气味。像植物、像春风，散发着香甜的气息。其中，还有堇的气息。

我把双筒望远镜和地图、旅游指南以及堇的骨灰都装进包里，出了酒店。堇的骨灰，是装在一个旧的点心盒子里带来的。堇曾经在这个旧点心盒里装了满满的丝带，放在梳妆台最下面的抽屉里面。在告诉我丝带名字的时候，堇曾悄悄地给我看过，应该是个有纪念意义的盒子。盒子里堇那砂糖粉末一样的骨灰，让我想起海岸上的沙子。

堇和汉斯是去哪里的森林观鸟的呢？现在也无从查起了。可以说柏林是个绿意浓浓的城市，它本身就处于森林之中。市中心也有广袤的森林，平时走着都有种漫步在森林里的感觉。说不定堇和汉斯只是在公园里看看鸟。这种可能性也非常大。

但是，我还是想稍微走远点儿。我想要多回忆一下堇，还想再继续旅行。所以，我决定靠着旅游指南，走到稍微郊外的地方去。来到柏林以来，我第一次买了电车车票。

这是个初夏时节。虽然并不是刻意选在这个时候的，可是恰好是在堇和汉斯相遇、相知的季节，我来到这里。

之前，无论看什么，我的眼前都一直如云雾缭绕一般模模糊糊的。记不得是从什么时候开始的了。刚开始我以为是视力下降或者是眼睛出毛病了。但是，去眼科看了也没有找到主要原因。

人啊、建筑物啊、树木啊、花草啊、食物啊，所有的东西都只能模糊地看到轮廓。不仅视觉，听觉也变差了，感觉总是有东西堵在两边耳朵里。鼻子里像是塞满了黏土一样，呼吸痛苦。头也因为无法自由呼吸而缺氧，昏昏沉沉的。

仅仅走到这里就很累了，这种疲惫让我觉得自己已经是个年迈的老人了。

但是，越靠近森林，覆盖在眼前的雾变得越淡，耳朵里的东西似乎也小了，鼻子深处的黏土似乎也融化流了出来。我很久没有这样以纯粹的心情看着自然光了。阳光夺目，照得我眼泪要流出来了。大概，我周围停滞的空气已经开始缓缓地游动了。

我一个人，用手推开挡道的枝叶，走进森林深处。完全没有考虑可能会迷路什么的。堇似乎在森林深处对我招手说"过来,过来"。

走在沿河的小路上,我把堇的骨灰一把一把地撒在地面上。和我没有血缘关系的堇的骨灰。细细想来,丝带也和我没有血缘。尽管如此,我们之间却有着深深的感情。

刚刚冒出地面的蕨类植物,伸展着细细弯弯的枝叶,似乎在咯咯地笑着抬头望着阳光。

阳光洒下来,脚边的苔藓仿佛也闪着光。

忽然,感觉好像有视线在注视着我,扭头一看,是一大一小两只鹿站在那里,它们清澈的眼睛一动不动地盯着我看。

感觉就像和堇一起手牵手在森林里散步一样。我从懂事起就知道,堇的膝盖不好,所以一起在附近散步的时候,我总是迈着小步,下意识地走慢一点。但是,我却没有和她一起观鸟的记忆。或许,在我更小的时候,曾经这样被堇牵着手,和她一起去过某处的森林。

即便我忘记了,堇却记得;即便堇忘记了,我却记得。记忆,绝对不是只有我一个人拥有的。

虽然肉眼看不到,但是我却感觉堇就在我身旁。无论何时何地,我都能走到森林深处。这种无论何时都有堇在身旁的感觉,出现在我和堇两人合作照顾丝带,那段美好而又幸福的时间之后。那段如蜜般甜的时光,绝不会结束。

不知走到了哪里,忽然视野开阔起来。眼前,是一片湖。湖面清澈如镜,映出这个世界。宛如堇的眼睛一样。

我轻轻打开点心盒子的盖子，想要把最后的骨灰撒到湖里去，可是，感觉像是有双无形的手在制止我，就那样把手里握着的一把骨灰，又放回到盒子里了。

我蹲在地上往湖里一看，小鱼们欢快地游来游去，就像是汇集了无数流星组成的流星雨。有种仰望夜空的感觉。也许，这个湖就通向堇所在的世界。如果是这样的话，真想把身体沉入湖底，去那里看一看。但是，我不会去的。我站起来，转过身开始走向来时的路。

走在回去的路上，云层变得有些奇怪。森林里起了雾，景色像是掺了牛奶一样混沌。或许是喜欢湿气吧，脚边的苔藓看起来更加熠熠生辉了。我轻轻地用手碰了碰，感觉像是上等的天鹅绒一样柔软而温和，就像，丝带的羽毛一样。

这时，小雨淅淅沥沥地下起来。风也吹起来了，树叶们不安地喧闹着。

然而，我却没有加快步伐，反而更缓缓地、缓缓地走着。无论雨下得多大，树枝就像一把把不错的伞，我所到之处，几乎没有雨滴落下来。是森林里的树木们在守护着我。

现在想来，那是堇在守护着我吧。她像是一把透明的伞，温柔地呵护着我。当我离得更远的时候，她就变成更大的伞，守护着我。

我仰面朝向天空，终于感受到了微微的雨意。

附近的树枝上，传来高亢的叫声，像是在欢迎这场好雨一样。

飞机轻巧地腾空而起。离开柏林的土地的瞬间，我的泪就像是决堤的水。低头看着不断远去的柏林，我用手拼命地捂住嘴，才没有哭出声。双手抱着两条腿，弓着背蜷缩在座位上。

到底是怎么回事呢？就好像我自己变成了当时的堇一样。我以半个世纪前堇的心情，俯瞰整个柏林。

直到现在，我都以为自己当时几乎要触到了——但却始终没有触到堇的人生。我以为自己都懂了，却根本什么都不懂。柏林，眼看着在一点点远去。

堇不想丢下汉斯独自出发，一定是怀着撕心裂肺的感觉离开的。她的灵魂，一定在拼命呐喊。结果，却无法再一次来到这片土地。因此，从那之后，再也没有见过汉斯。

客舱工作人员来问我是否需要食物的时候，我依然泪流不止。真的像坏了的水龙头一样，泪水停不下来。没办法，我只能哭着回答了。

要是有翅膀就好了。

不仅仅是汉斯。柏林的所有人，如果有翅膀的话，就能飞向自己想去的地方。

但是，事实上，人们无法飞翔。只能抬头看着冰冷的那堵墙，日暮途穷。这种遗憾压迫着心脏。如果是我的话，绝对忍受不了吧。

一杯温热的咖啡递到手上的时候，我激动的情绪终于平静下来。坐在对面过道一侧的一位男士，在跟我说着什么。也许是英语，也许是德语。我听不懂，但是对方在微笑，所以我也擦着泪，同样回报他以微笑，从包里拿出手帕，把泪擦干。

在慕尼黑换乘发往日本的国际航班之后的事，几乎都不记得了。没有喝东西，也没有吃飞机用餐，我睡得像是一摊泥。就像要重新打开人生的开关一样。

然后，醒来的时候，飞机已经降落在日本的机场了。

不知道该用什么样的词汇来描述自己的心情，既不是快乐，也不是伤心。我没能找到一个词，恰如其分地表达我的感受。各种情绪重合在一起，而我此刻的心境只不过是隐藏在心里所有情绪中的一小部分。

不过，在柏林期间，我经历了几次不可思议的体验。总感觉不是按照自己的想法在行动。所有的一切，都像是被一股强大的力量引导着。我就是被这股看不到的强大力量推动着，走在柏林、走在森林里。

旅途并没有结束。还有一个地方，我必须要去。我把行李箱存放在车站的投币式储物柜里，继续坐电车去往那里。

只剩下模糊的记忆了。因为毕竟是二十多年前的事了。那时，我还是个小学生，家附近顶多五百米范围，就是我的全世界了。自从离开那里，我一次都没有回来过。即便是工作原因到了附近，也总是刻意避开。我害怕亲眼面对现实。但是，现在，我可以去了。或者说，我必须要去了。

从最近的车站检票口出来，正要穿过我曾经经常玩的儿童公园的时候，记忆的色彩突然就重现了。连荡过秋千后手心里染上的铁的气味，都清晰地回想起来了。直到遇到丝带，我才不再在公园里玩。

在公园门口，我停下来，蹲在那里。脚跟前，长着我见惯了的杂草。繁缕。

是的，就是在这里，还上小学的我，给丝带采繁缕花束。

繁缕比那时候更加茂盛。想起忘我地啄着繁缕的丝带，真的很怀念。但是，我做成特别漂亮的花束那天，丝带还没有收到就消失在空中了。和那时一样，我一根一根地仔细地采摘着繁缕。

我手里拿着繁缕重新站起来，走到住宅街。转过旧的木制公寓拐角的瞬间，回忆清晰起来。

堇就是倒在那里的。

但是，那时候住的房子已经没有了。和我家紧挨着的两家，也都没有了。似乎也听父母说过。但是，直到自己亲眼确认，我才相信。

我曾经的家的一部分，成了公寓的停车场。里面，耸立着漂亮的高层公寓。我茫然地站在公寓的空地上，想要寻找我家大门的位置，却已经模糊不清了。

但是，下一个瞬间，我不由得喊出声：

"老爷爷！"

那棵叫"老爷爷"的树，还矗立在原来的地方。大概是邻居家主人没有砍掉吧。

"老爷爷"的树根那里，埋着没能出生的丝带的同伴们。是我挖洞把它们埋葬的。那天夜里，堇对我讲了灵魂的秘密。她说，灵魂，就像是草莓大福饼里的草莓一样。如果没有了草莓，就只是个大福饼而已了。

不知道,那个鸟巢还在不在。于是我抬头看向上面。

那时堇求了邻居,在树上安装鸟巢。那是丝带生命开始的地方。大概,就是从西面数第二枝伸出来的粗树枝,在分成两叉的分叉点附近吧。那根树枝旁边,就是我家的露台。

闭上眼睛,我试着在眼底重现曾经住的日式房屋的轮廓。白铁皮房顶、萧条的露台、褪色的衣夹,都像是炭烤画一样,缓缓地浮现出来。

不知道是被树叶挡住了,还是鸟巢自己掉下去了,从我站的位置,没有找到。但是我心里,鸟巢挂在那里的情形仍然历历在目。

我蹲在"老爷爷"的树根那里,开始用旁边的石子挖洞。无论如何,我都想把堇的最后一捧骨灰埋在这里。我想,这里,适合撒堇的骨灰。

挖了个不太深的洞,轻轻地把最后的雪白的骨灰撒在底部,我正要盖上土的时候,不知哪里传来了鸟叫声。

刚开始,我还以为是堇的骨灰在歌唱。心里想着这不可能,还是不由自主地看向放在洞底的白色粉末状的骨灰,静静地听着。是堇的骨灰在唱吗?是开心地唱着什么吗?但是,不可能,不可能有这种事。

仔细一听,声音越来越清晰。不是幻听。这个声音,确实是从外部的世界传来的。是什么来着?是什么来着?我的确知道这首歌,但是,又不清楚真正的内容。是什么来着?是什么来着?

断断续续的调子,终于连成一首完整的旋律流进我心里。我竖起耳朵,抓住如细丝线一样的旋律,以免它溜掉。终于,旋律的一部分,似乎嗖的一下触到了我的手心。

啊！我反射性地握住手的瞬间，身体轻飘飘地站了起来。似乎要浮在空中一样。声音，是从树上传来的。我站起来，往上看。

"老爷爷"身上，零零星星地开着橘色的花。

声音怎么会从树上传来呢？不对，不对，不可能的。不可能有这样的事的。我一定是又在做梦。

然而，看着看着，我的泪水就涌了上来。我的确听到了。那首应该是只有堇才知道的歌，从树上传了过来。

树上的声音，和堇的声音重合在一起。没错，就是那首歌。那首堇一直唱着的，有小鸟名字的歌。

伴随着歌声，那刚出锅的包子一样柔软光洁的面庞、美丽的湖水般的眼睛、棉花糖一样雪白的头发、眼尾滑梯一样的弧度，都像雨、像光一样，从空中缓缓地流淌到我的手上。

"丝带？"

但是，没有回应。

"丝带？真的是你吗？"

我试着更大声音呼喊。突然，"欢迎回家！"的声音响起来。泪水无法抑制地充满了我的眼眶。

我以为，再没有人对我说这句话了。我以为，再也没有一个地方，能欢喜地欢迎我回来了。

也许，丝带一直在这里，等着迎接我和堇。它一定拼命地寻找着"老爷爷"才回来的吧。

我想见丝带。

我转到树干另一面,焦急地在树枝上寻找着。然而,却没有找到。

"你在哪里?在的话,到我这里来!"

我也不在意他人投来的异样的目光,大声喊着。于是,就听到丝带喊着我的名字。以前它总是喊不好的。

体温计,棉扑,把"转卵"错听成"展览",在鸟蛋蛋壳上标"○""☆"和"〒"。

瞬间,我几乎要被这些给埋没。

"丝带!"

我喊着,伸出了一只手。

"过来啊!"

我又大喊了一声。一只黄色的鸟,展开双翅,从"老爷爷"的一根树枝跳到另一根树枝,飞走了。虽然只有一瞬间,我却清楚地看到了。果然,是丝带在那里。

丝带,还活着。

真的还活着。

丝带巧妙地隐藏在我仰望的天空中。只是,我没看到而已。

丝带轻轻落在我的肩膀上来了,如一阵清风拂过。它那耸立着的漂亮冠羽、淡橘色的圆腮红、闪着黄色光芒的羽毛、圆溜溜的眼睛,都和当初一模一样。那个曾在我手心里呱呱坠地的丝带,现在,就这样停在我的肩头。

我想起，上小学时的入学典礼的早上，我们都会在这个位置用别针别住花形的装饰品。那时，我是骄傲的。一听到喊"中里云雀"，我就精神十足地从椅子上跳起来答"到"。堇应该也和父母一起参加我的入学典礼了。那个时候的我，充满了骄傲。

丝带就这样停在我的肩膀上，嘴里叽叽咕咕地说着话。我听不懂，问它在说什么，丝带就清楚地说：

"一起玩吧！"

简直就像是我自己的声音一样。

它直直地盯着我。简直难以相信。

虽然我觉得不可能发生这样的事情，可是丝带正真真切切地待在我肩膀上。虽然它像气泡一样轻，但是我能感受到那种生命的分量和温度。丝带用它细细的手指，紧紧地抓着我的肩膀。

我悄悄地伸出食指，唯恐惊吓到它。丝带的脸倾斜四十五度，像是在思考什么。接着，它躬下身体，用嘴碰我的手指。好怀念丝带那圆圆的软软的舌头的触感啊。

丝带像记起我的指尖似的，一次又一次地啄着。我的指尖和丝带的嘴，像是在用秘密语言聊天一样。

丝带每次要展开翅膀的时候，它滑滑的羽毛都会轻轻地拂过我的脸颊。这个时候，丝带就成了一个漂亮的蝴蝶结形状的"丝带"。有些痒，有些开心，我的泪水源源不断地溢了出来。

我们就这样用指尖和嘴说了会儿话。虽然我们并没有聊得热火朝天，但我能感受到身旁的丝带的情绪和热情。

过了一会儿，丝带一条腿伸向我的食指。接着，像是喊着"嗨哟"一样大声地移动着另一条腿。丝带虽然外表没有变，但是终究也上年纪了。不再像那时动作矫健了。

我们手指相握，体会着再次相见的喜悦。丝带的两只脚，紧紧地卷着我的食指。从它细细的指尖，传来了阵阵温暖。

仅仅是和它这样待着，就充满了幸福。我轻轻地挪动手腕，更靠近些再看看它。

丝带的呼吸，微风一般吹过来。我们就这样无言地相互看了许久。我的脸，映在丝带圆溜溜的瞳孔里。

丝带突然开口说：

"不要怕哦。"

它确实是这么说的。好像，丝带身体里还藏着一个人，这个声音是那个人发出来的。

"不要怕？你说不要怕，是指什么？"

然而不管我怎么问，丝带似乎对我的问题没兴趣似的，脸扭向一边。接着，它缓缓地转动着身体，低着头像是在说"帮我挠挠"一样。我把空着的手指指尖放到它的头上，丝带就眯着眼睛似乎很享受的样子。这二十年，丝带到底去了哪里呢？它是怎样用这样小小的轻薄的身体一路挺过来的呢？

丝带眯着眼，弯曲着身体。

"丝带，舒服吗？"

我问。

"云雀。"

丝带说。虽然有些模糊不清，但是我听到的确实是这个。不，不是丝带说的，是丝带记住了堇的话说给我听的。

那时，我、堇和丝带所构成的三角形，非常小。我们三个总是很亲密地依偎在一起。但是现在，这个三角形在不断扩大。其中一个，已经在比天空还要遥远的世界了。

"我不怕啊。"

我回答丝带，以及远在天堂的堇。是的，我才不怕。活着，没什么好怕的。你看，二十多年来一直想见到的丝带，也这样邂逅了。虽然觉得绕了很久，可是我觉得这是必要的时间。我俩就这样一直握着手相互看着。眼前的丝带，一直盯着我看。

"谢谢。"

我轻轻地举起一只手，瞬间，丝带就展开双翅飞起来了。就这样，黄色的丝带消失在蓝天远处。我们已经走在各自的路上了。

无论在我身边与否，丝带都在这个世界上，这个事实不会改变。堇曾经存在过，这个事实也永远不会改变。

回过神来，发现我的右手还握着繁缕花束。本来是要给丝带当作礼物的，我又一次错过了。不过，没关系。即便没有繁缕，丝带也能活得很好。丝带，有它自己的生存之道。

"去吧！要好好的！"

我尽情地大声喊。我目送丝带的背影，仅仅一瞬间。这一瞬间，可以叫作奇迹吧。我也会有奇迹的。

是的，我也要向前走。不再害怕。

因为，我们的灵魂，由无形的丝带永远地连接在一起。